U0479178

无疆的文学

世界的音符

尚书房

走向世界的中国作家

蟋蟀

聂鑫森 著

CHINESE WRITERS
WITH WORLDWIDE INFLUENCE

文化发展出版社
Cultural Development Press

图书在版编目（CIP）数据

蟋蟀／聂鑫森著．—北京 ：文化发展出版社有限公司，2016.8
ISBN 978-7-5142-1356-0

Ⅰ．①蟋… Ⅱ．①聂… Ⅲ．①中篇小说－小说集－中国－当代
Ⅳ．①I247.5

中国版本图书馆CIP数据核字(2016)第129433号

蟋　蟀

聂鑫森／著

出 版 人：赵鹏飞
总 策 划：尚振山　曹振中
责任编辑：肖贵平　罗佐欧
责任校对：魏　欣　　**责任印制**：孙晶莹
责任设计：侯　铮　　**排版设计**：麒麟传媒

出版发行：文化发展出版社（北京市翠微路2号　邮编：100036）
网　　址：www.printhome.com　www.keyin.cn
经　　销：各地新华书店
印　　刷：北京新华印刷有限公司
开　　本：889mm×1194mm　1/32
字　　数：150千字
印　　张：8.25
印　　次：2016年8月第1版　2016年8月第1次印刷
定　　价：28.00元
I S B N ：978-7-5142-1356-0

◆ 如发现任何质量问题请与我社发行部联系。发行部电话：010–88275710

编委会

野　莽：中国作家，编辑家，出版家。作品被翻译成英、法、日、俄等国文字。国外出版有法文版小说集《开电梯的女人》等多部作品。主编有中、英文版“中国文学宝库”（50卷），中文版“中国作家档案书系”（30卷，与雷达），“中国当代长篇小说评点绘画本丛书”（15卷）及“中国当代精品文库”等大型丛书数百种。

安博兰：(Geneviève Imbot-Bichet)，法国汉学家，汉法文学翻译家，出版家。法国Éditions Bleu de Chine创始人。早年于台湾学习汉语，曾在法国驻华使馆（北京）任职。现为法国珈利玛出版社（Gallimard）中国蓝丛书负责人，法国“中国之家”文化顾问。曾翻译出版了大量中国作家的作品，其中最具影响力的有荣获法国三大文学奖之一——费米纳（Fémina）外国文学奖的《废都》。

吕　华：中国翻译家。曾任中央编译局中央文献翻译部法文处处长，中国外文局中国文学出版社副总编辑，中译法最终审稿、定稿人。对外翻译过三任国家领导人的文集。文学翻译有法文版长篇小说《带灯》以及大量中国当代作家如汪曾祺、陆文夫、贾平凹、韩少功、陈建功、刘恒、莫言、阎连科、周大新、王安忆、铁凝、方方等的代表作。

贾平凹：中国作家，书法家，画家。中国茅盾文学奖、费米纳文学奖、法国政府奖、美国美孚飞马文学奖获得者。作品被翻译成英、法、德、意、西、捷、俄、日、韩、越等二十多种文字。在国外产生影响的有英文版长篇小说《浮躁》，法文版长篇小说《废都》《土门》《古炉》等。

周大新：中国作家。中国茅盾文学奖获得者。作品被翻译成英、法、德、朝、捷等十多种文字。国外出版有法文版长篇小说《向上的台阶》等多部作品。由其短篇小说《香魂塘畔的香油坊》改编的电影《香魂女》获柏林国际电影节金熊奖。

尚振山：尚书房图书出版品牌创始人。出版有“中国名家随笔丛书”、“中国文学排行榜丛书”、“中国小小说名家档案”（100卷）等。

不仅是为了纪念

——“走向世界的中国作家”文库总序

野　莽

尚书房请我主编这套大型文库，在一切都已商业化的今天，真正的文学不再具有20世纪80年代的神话般的魅力，所有以经济利益为目标的文化团队与个体，已经像日光灯下的脱衣舞者表演到了最后，无须让好看的羽衣霓裳做任何的掩饰，因为再好看的东西也莫过于货币的图案。所谓的文学书籍虽然也仍在零星地出版着，却多半只是在文学的旗帜下，以新奇重大的事件冠以惊心动魄的书名，摆在书店的入口处引诱对文学一知半解的人。尚书房的出现让我惊讶，我怀疑这是一群疯子，要不就是吃错药由聪明人变成了傻瓜，不曾看透今日的文化国情，放着赚钱的生意不做，却来费力不讨好地搭盖这座声称走向世界的文库。

但是尚书房执意要这么做，这叫我也没有办法，在答应这事之前我必须看清他们的全部面目，绝无功利之心的传说我不会相信。最终我算是明白了他们与上述出版人在某些方面确有不同，私欲固然是有的，譬如发誓要成为不入俗流的出版家，把同行们往往排列第二的追求打破秩序放在首位，尝试着出版一套既是典藏也是桥梁的书，为此已准备好了经受些许财经的风险。我告诉他们，风险不止于此，出版者还得准备接受来自作者的误会，这计划在实施的过程中不免会遇到一些未曾预料的问题。由于主办方的不同，相同的一件事如果让政府和作协来做，不知道会容易多少倍。

事实上接受这项工作对我而言，简单得就好比将多年前已备好的课复诵一遍，依照尚书房的原始设计，一是把新时期以来中国作家被翻译到国外的，重要和发生影响的长篇以下的小说，以母语的形式再次集中出版，作为中国当代文学的经典收藏；二是精选这些作家尚未出境的新作，出版之后推荐给国外的翻译家和出版家。入选作家的年龄不限，年代不限，在国内文学圈中的排名不限，作品的风格和流派不限，陆续而分期分批地进入文库，每位作者的每本单集容量为二至三个中篇，或十个左右短篇。就我过去的阅读积累，我可以闭上眼睛念出一大片在国内外已被认知的作品和它们的作者的名字，以及这些作者还未被翻译的21世纪的新作。

有了这个文库，除去为国内的文学读者提供怀旧、收藏和跟踪阅读的机会，也的确还能为世界文学的交流起到一定的媒介作用，尤其国外的翻译出版者，可以省去很多在汪洋大海中盲目打捞的精力和时间。为此我向这个大型文库的编委会提议，在编辑出版家外增加国内的著名作家、著名翻译家，以及国外的汉学家、翻译家和出版家，希望大家共同关心和参与文库的遴选工作，荟萃各方专家的智慧，尽可能少地遗漏一些重要的作家和作品，这方法自然比所谓的慧眼独具要科学和公正得多。

当然遗漏总会有的，但那或许是因为其他障碍所致，譬如出版社的版权专有，作家的版税标准，等等。为了实现文库的预期目的，那些障碍在全书的编辑出版过程中，尚书房会力所能及地逐步解决，在此我对他们的倾情付出表示敬意。

2016 年 5 月 7 日写于竹影居

目 录

蟋　蟀

1

这一年的秋季太阳格外珍贵，天空总是织满暗哑的云和肥肥瘦瘦的雨点。雨的声音有时如急管繁弦，有时悄然若无。雨梅每天都坐在寂寂的阶廊里，把手搁在红漆栏杆上，看雨溅出一院子满满的绿，看树根下的青苔渐渐深老。

桂花因雨的缘故，开得非常稀少，那株枫树的叶子红不出热情来，却飘逸得可心。雨梅对腻腻的小保姆说，这是个古典的黄梅雨季。什么？小保姆眨着一双惊诧的眼睛问。雨梅淡淡一笑，又去看雨和听雨。她想起许多古句，“梅子黄时雨”是其中最让她动心的句子，黄黄的梅子圆圆地酿熟在迷蒙的雨中，齿间猛地有酸酸的感觉。

小保姆站在阶廊的另一端，每日都看着一幅相同的画。

脸非常白皙的女主人坐在雨的边沿上，手腕上套着玉镯子，玉镯子闪出明丽的绿光，她的手指很修长纤细。衣服呢，她喜欢穿红色的，浅红、深红、淡红，连内衣也多是红的。小保姆揉洗这些衣服的时候，会想起乡间暮春的落花，女主人毕竟不再年轻了。不明白的是女主人为什么这样喜欢雨。小保姆却最厌下雨，总让她想起乡下的泥泞路，想起土砖屋子里飘袅的霉气，想起赤着脚丫子脸朝泥水背朝天插着秧，雨水和汗水粘腻腻地贴着肉往下流。

四十年前的黄梅雨季，雨梅还记得很清楚。是午后，她滑出一个暗暗的圆巢，剥离开母亲的身体，迎面感觉到一阵惬意的清凉，分明听到雨点打在青灰瓦脊上的声音，很亮，很圆硕。接着听见厅堂里纷乱而兴奋的脚步声，听见父亲笑呵呵地喊，就叫她雨梅！等到她长成一个大姑娘的时候，她当然早已不在这座院子里了。

父母亲在她七岁时相继亡故，她被送到外县的姨妈家去。那个县城很小，很呆滞，于是她常常想起一座古城，一座古城中的深巷，一座古城深巷中的院子，想起那一阵雨声。只有在黄梅雨季她才高兴，那种湿润的气息使她的肺腑通明透亮，使她感受到一种遥远的儿时的温馨。她喜欢站在雨中的月季花前，嗅那湿湿的凉凉的香气，以致衣服湿透而不自知。姨妈骂她是个小精怪。她说，我好想那座院子。

在县城读完师范学校，到乡下的一所小学教书。她数着一个个黄梅雨季，却无意于许多钦羡的目光。乡下人说她老了，一把年纪了还嫁不出去。但她觉得自己没老，她像儿时一样生活在一座记忆中的院子里，洁净的花径，萋萋的青草，桂花树和枫树装点秋天的风韵；厅堂里古色古香的明式家具，壁上挂着纸色微黄的字画……她愿意潜在很久很久以前那种古老的氛围中，去做一个名门闺秀。她的曾祖父是有过四品顶戴的，祖父是著名的律师，父亲是中学校长。现实中的一切她都格格不入，她在唐诗宋词元曲里寻找她的世界。

雨梅忽然抬起头，把视线抛过高高的围墙去。墙那边也有一个院子，住着一个叫戈长生的八十岁的老人，和一个耳朵聋得很厉害的老侄子。她至今还没见过他们，是听她的先生季城说的。一个老老废物和一个老废物，亏得他祖上做过两省总督！

她的视线之所以抛过高高的围墙，是因为又听见了那苍老的唱腔声，自疏疏密密的雨线间蜿蜒而来，是《四郎探母》中的“西皮慢板”：“杨延辉坐宫院自思自叹，想起了当年事好不惨然！我好比笼中鸟有翅难展，我好比浅水龙被困在沙滩……”她不相信这样美的声音，出自一个八十岁老人的喉管，而这样美的声音分明表述的是一种对人生的困惑、无奈和怨艾，文字已成为多余，音调竟成为了实质。那么拉京胡的定是他的那个聋侄子了，分明京胡声与唱腔声相贴相粘，水乳交融，这聋子琴师简直与贝多芬有异曲同工之妙。戈长生出生在这样的名宦世家，居然没有去弄仕途经济，却在梨园中打发了一生，退休后仍爱着皮黄，可见他不是一个俗人。季城对他的鄙夷，无非出于自己有一份可观的产业。她的视线抛过了高高的围墙，轻轻地落在花木繁茂的院中（这样的人家不可能不种花草），再飘进阔大的厅堂，抚触着老人口中吞吐的气流和那大开大合的弓子。

她认定这是一个很古典的黄梅雨季，以致身在秋天，还没有回过神来。

小保姆走过来。先生刚才来电话，说他玩蟋蟀去了，吃饭不要等他。

她仿佛没有听见。

过了好一阵，她记起“电话”这个字眼，觉得很奇怪，她家有这东西吗？转过脸，望着古香古色的厅堂，紫檀木的太师椅，雕花的小茶几，庄重的八仙桌，摆在四角的树桩盆景，墙上挂着的郑板桥的竹子、吴昌硕的紫藤、康有为的隶书。那个时代没有电话。再一想，有，在楼上西边的一间小厅里，那里有一部电话，还有一台电视机。她很少看电视也很少打电话，她希望存在于一个古典的季节里。常在那里的是季城和小保姆。

姨妈在五年前的秋天，瘦瘦的一条搁在病榻上。那天的阳光是惨白的，雨梅从姨妈临终的眸子里感受到阳光冷漠的底色，使她又一次想起黄梅雨季的温情。姨妈薄薄的嘴唇抖颤如枯叶，黄褐色的声音似有似无。

梅，我听见蟋蟀的声音了。

她大惑不解。姨妈为什么会把这样一句话丢在世界上？

2

唱过了《四郎探母》几个精彩处，戈生长朝聋子老侄扬扬手中的折扇，琴声便戛然而止。从京胡的弓子上，收拢了一片黄昏的景色。戈长生搔搔白白的头发，长吁了一口气，很满足的样子，有如刚刚灌下一杯老酒。他对聋子老侄点点头，又竖起大拇指，夸赞他的京胡拉得好，尺寸坐得稳，傍得严实无缝。聋子老侄笑了。大伯您唱得好，还是和年轻时一样，给您拉琴，过瘾！这不，我退休了，伴您来了，为的是给您拉几段！

不行了，不行了，老了，不中用了。

怎么不行了，您组织的那个票友剧团就很有气派，您的《借东风》《卖马》《四郎探母》，哪回不是满堂彩！

戈长生叹了口气，不做声了，脸色沉沉的。他步出厅堂，移下台阶，走到院中去。

正是黄昏，雨停了，一抹夕阳系在樟树枝头飘晃，薄如金箔。院子里的花草很零乱，牵牛花架子歪歪斜斜，花小如指甲；几畦菊花刚打几个苞，瘦伶伶的，一大丛水竹的叶子青黄若病。秋风顿起，满院子飒飒作响。不远处的一堆废砖石里传来蟋蟀悲婉的吟唱，戈长生打了一个冷噤。

打了一个冷噤，偏偏还下意识地摇了摇扇子。扇子成了他的一个道具，即便在冬天也须臾不离手，仿佛只有这样，才和他的先人脉息相通。扇子是祖父传下来的，上有祖父题写的"源远流长"四个篆字，使他常想到戈家曾有过的辉煌，意识到这座院子存在的意义。

在许多年前，他还是孩子的时候，这座院子显得好大好大，每个时令都开着应该开的花，姹紫嫣红，热热闹闹的。最是牵牛花好看，水红色的，花大如碗，盛着满溢的阳光和露水。他在花丛中捉蝴蝶，逮蜻蜓，老家人跌跌撞撞地跟在后面跑，生怕他有个闪失。到夜晚，提着灯笼到墙根下去掏蟋蟀，蟋蟀的翅在灯光下一扇一扇，透明如水晶，猛地伸出竹罩子罩住，他分明看见那双小小的眼睛里流淌出的悲愤。白天，便和小伙伴斗蟋蟀，紫砂斗盆里拼个你死我活，那种狞厉的鸣叫使他的心里充满了快意。到年长后，方悟出那是一种残忍，以致在后来的岁月里他养蟋蟀，却再不斗蟋蟀。每晚把盛着蟋蟀的紫砂盆放在枕头边，听抑扬顿挫的吟唱，仿佛在听一个梨园弟子的精湛表演。

祖父是一品京堂，死在任上，父亲袭爵，赐三品顶戴，当了外地的一个兵备道，享乐过度而去世。家道一直殷实，他从孩子时起，爱看京戏，爱得发疯，然后轰轰烈烈地拜师下了海，唱的是老生，专攻谭派，居然酷似。舞台上的时光似乎成一种凝固状态，而日子却打飞脚似的奔跑，老伴去世了，唯一的儿子领着一家子投奔美国的叔叔去了。他不肯去，他怕这一把老骨头抛在异国他乡，他要守着这个院子。这个院子曾经是他的“过去”，尽管那一段显赫的历史只留在记忆里，唱堂会的戏台早拆了，厅堂上方的金字匾额早烧了，楼上的古玩、书籍、字画早散失了。在十多年前，他走进这座退归的院子时，竟嗅出了他的家族所特有的书香气息，泪珠滚落在青石台阶上，滴溜溜直转。他感到这才是他的家。他曾经想稍稍恢复一下旧日的形状，但他已深感没有这种能力。他能做到的就是奔走呼号，组织起一个票友剧团，他力图从那些古老的剧目中去获取往昔的快意和尊荣，并非完全是为了振兴这已呈衰微的艺术形式。可惜票友剧团已久不演出了，没有钱置办道具、服装和排练新的剧目，这使站在夕光里的戈长生十分伤心。

到一年后的春天，由于旧城区的改造，把这座院子夷为一片堆着砖瓦砾石的废墟，绝对没有人想到一个八旬老人曾站在这里为票友剧团的经费而一筹莫展。这本可写入京剧振兴史中的一个细节，却无人知晓。

聋子老侄喊他去吃饭。他摇摇头说，我去看我的蟋蟀。

这辈子他见过和养过不少好蟋蟀，什么红沙青、真色青、真色白、真色黑、石榴红、紫黄虫；什么和尚头、五花斑、绣花针、豆油灯、竹节须、寿星头、梅花翅……他养的蟋蟀都是他亲手去捉来的，古城的老墙下是他常去的地方。那些老墙在他看来好像一本古旧的书，而蟋蟀便如书中的一个典故，有声有色有形，在深黑的夜里，有如捉到一段早逝的光阴，供他作现实的品评。他提着三角风灯在城墙下转悠时，他自己宛若一本书中的一个深奥典故的注释！

聋子老侄跟着戈长生走进西厢房。

西厢房挨墙是一排古雅的木架，上面搁着许多不同形状的蟋蟀盆，有老盆（三十年以上的盆）也有新盆，那里面没有蟋蟀。养了蟋蟀的盆放在泥地上。戈长生的目光柔和起来，盆里回鸣着蟋蟀的吟唱。他蹲下来，细细地倾听。这一盆里是一只红沙青，那一盆里是一只真色黑。他的目光穿过盆盖，看见红沙青身上青中透红，额上有一道红色斗线；而真色黑，头黑漆发亮，翅闪出乌金色的光，银斗线贯项，项是铁色，额面抹金，足、肚、牙却是雪白的。他有些得意。然后，端起那只装着红沙青的盆子，掂了掂。今晚就听你的戏，伙计。

3

在一个秋天的日子里，季城顶着一片模糊的天空到南门外的蟋蟀市场去，他希望寻觅到一只上等的蟋蟀，以参加白露节后城中的“蟋蟀会”，好赢进大把的彩利。他的影子淡在长长的街市上，写出一路的悠闲。蟋蟀的叫声此起彼落，叫得季城心里发痒，忍不住“嘟”起嘴哼出“哩哩哩”的声音。他是不是一头雄健的蟋蟀？他为自己的这一个联想而兴奋，眼睛亮得吓人。

季先生，看看这只虫，老古坟岗子下捉的，居然有毒蛇守在洞口哩。

季老板，借您老法眼一观，这虫英雄着哩。

季城腆着肚子，把手背在后面，哼哼哈哈地应答着，矜持地一路看过去。他如今有闲钱来玩这种充满刺激的游戏了。

回顾这一生，他可说是百感交集，悠闲过，忙碌过，忧过，悲过，喜过，世事宛若一个万花筒，让他悟不出此中的奥秘。

他妻子突然发疯病时，正是他被红卫兵挂着“封建余孽、资产阶级寄生虫”的大黑牌子游过十里长街后，敲着一面破锣回到院子里来。妻子赤身裸体奔窜在灿亮的晚照中，长长的头发飘飞如瀑，瞳孔扩得大大的，整个脸都变形了，尖利的呼叫声如刀刃削着枯朽的枝干。在那一刻，季城突然发现妻子居然有如此洁白细腻的肌肤，有如此姣好的身材，他甚至嗅出了那肌肤发出的香气，这些又统率于一种女性的狞厉美中，以致季城忘记了刚才的处境，而有了一种很原始的冲动。

他走到妻子的面前。

妻子惊恐地望着他。我不认识你，滚！妻子险恶地笑了笑，笑得勾魂。

他猛地抱起了她，飞快地朝卧室跑去。

妻子变得很安详。

他在床上第一次感受到妻子的娇媚焕发得如此诱人。来呀，来呀。他甚至来不及脱去那件上衣，就嗷嗷地扑上去了。

他吮着她的艳若桑葚的乳峰，拼命地咬着她的圆润的肩，搓揉着她的富有弹性的腿。妻子的腿扭动着，然后合成一个圈，套住了他的身子。他感到从妻子的肌肤上流淌出来的寒意，凛凛然。一个美丽的时刻似在盼待着他又似在拒绝着他，他急不可待地要一逞为快。就在这时，院门猛然地擂响，天崩地裂。妻子惨烈地尖叫一声，很粗野地把他掀开，然后疯狂地奔了出去。他听见院门“轰”然一声倒塌，又听见许多人杂乱的惊呼，如同见到一条母狼。他冷静地穿好衣服，从容有如走向“刑场”。他站到台阶上的时候，院子里已空空洞洞，寂寂无人。

妻子奔突到巷子后的雨湖边，像一尾洁白的鱼翩然跃入深黑的湖水中。

他的父亲也是死在雨湖里，那是 1944 年一个秋末冬初的日子，是被人用绳子勒断气管后再丢到湖里去的。

街市上的十几所租作居室的房子没收了，没收了至此以前的一段相当长的舒闲的光阴。这座院子也没收了，连同楼上珍藏的古玩和字画，一下子搬进五六户人家。他被赶到雨湖边一间破棚子里去住。居委会念他没有生活来源，便交给他一把大扫把，去当一个清洁工人。他常在深深的夜晚惊醒过来，听湖水轻拍岸沿的絮语，迷蒙中看见妻子自水波中飘出，飘到他的地铺上，一如她发疯时的美丽，他便和她开始完成那件未曾入港的销魂勾当。

忽然有一天，有人来通知他到房产局去领取没收的房契。

他以为是一个恶作剧，依旧扫长长的街道，依旧让灰尘沾满他的打补丁的衣衫，他对生活再不敢有所奢望。当再次通知他去房产局时，他撑着扫把默了好久的神，然后痴痴地傻傻地笑，将扫把一丢，疯跑着去了。

十几所房子归还了，立马租给人家作门面，收取很可观的租金。占领院子的住户都如风吹云散，他独身一个走了进去，插上院门，痛痛快快哭了一场。

他开始如一只嗅觉灵敏的狐狸，寻找小院中失去的一切。

购买流落在民间的古色古香的家具，虽旧，却有一种大家的气韵，正如一个隔代的老贵族；收罗古玩和字画；雇请人来收拾院中的花草；拆卸住户胡乱增添的一道木壁或是一个水泥洗衣板……他让过去的色彩和声音，重新聚拢，并希望永远保存下去。他还要有一个和前妻仪态酷似的妻子。当然，这并不是一件难事，后来办得很顺利。

他一边走着，一边想着。

在蟋蟀市场的尾端，许多人在围着看一张广告。

什么“山东大将军”，值一千二百元！

这是正经的山东大虫，从山东贩来的，怎么不值？

季城去看那条山东大虫，一身乌黑，个子很粗壮，细细的须坚硬而有弹性，从那双小眼睛里透出一种霸悍之气。果然是一条好虫！

他掏出十二张百元钞，扔在小摊上，说，我要了！

众人愕然。

在人群中恰有一个小报的记者，兴致勃勃地采访了他。

第二天小报的“悠闲人生”一栏中，登出了《湘军后裔一掷千金买促织》的文章。

正是这篇文章引起了社会的注意，使季城卷入了一场莫名其妙的战争中。后来，季城非常后悔那天的举动，倘若那天不去蟋蟀市场，去了不买那只山东大虫，买了不碰到那个记者，记者采访了不写那篇文章，恐怕他的生活会是另外一种样子。

人生如谜，如禅，如梦。

4

1944 年的古城，到处飘着日本人的膏药旗。

那时的季城还在读高小。一天早晨，院子里下着秋雨，疏疏朗朗的。仆人把人力车拉到阶基边，等候送季城去上学。父亲季宇很温和地说，今天你不要去学校，在家等我回来。也许——我就回不来了。他挺惊奇地看着父亲的脸，只见他的眉宇间有种说不出的豪情在涌动，目光如电。

我今天和山本洋行的副总裁周一夫斗蟋蟀。是我主动挑战的。我输了，城中季家的三家当铺全归他。他输了呢，落下洋行楼顶的膏药旗！这条狗！

屋里一时岑寂，空气流动得很沉重。

输了，我们打点行李回乡下去！

季宇淡淡地说。

季城忽然觉得父亲是一个英雄，想不到那瘦弱的身子里藏着一把烈火，他敢惹日本人，平素日本人的大宴小宴，他都一概不去。因为季家是城中的名门大户，日本人也不好过分难为他。

爹，你一定会打胜的。

我想也是的。这蟋蟀未必还去当汉奸？

季宇指着桌上的一个精巧的蟋蟀盆，笑了笑。这是一头红沙青，可称虫王，城儿，你来看看。

季城是第一次看到这种叫红沙青的虫王，它蹲踞在盆中，一动不动，充满一种庄肃的气度。他看见它额上有一根红色的斗线，身体青中透红，翅亦染着红晕，嘴微张，依稀可见利齿的寒光。尽管它静若处子，季城却感觉到它有如一团火焰，遍体都生发着杀机。他被它所震慑，大气都不敢吐一口。

季宇重新合上盆盖，向院子里走去，走到阶基边，又回过头来看了厅堂一眼。至今，季城还记得父亲眼中的那一片慈爱，灿亮如阳光。同时也记住了那头红沙青，总认为那头红沙青是不会死的，应该还活在世间。

那一天，季家里外没有一点声音，母亲和仆人都待在自己的房里。季城孤独地坐在台阶边，看檐水流下来，缓缓地漫开，成为一个小小的湖，再“呼”地一下散向各处；复又聚成一泓湖水，盈盈的。长大了，季城每每想起这个情景，似乎这正说明了生活的某种特征，洼则聚，满则溢，古代的先哲早就述说，只是他那时还没有涉猎到这些真理。

近午的时候，很远的地方响起了鞭炮声，紧接着噼里啪啦响成一城。这年头，已经没有什么喜事了，何况是一城的共鸣。季城跳起来，直觉告诉他是父亲的蟋蟀斗赢了！他大喊大叫，我爹打了胜仗啰！我爹打了胜仗啰！母亲和仆人们从各个方位奔到厅堂里来，母亲忙跪到神龛前去磕了三个响头。

又过了一会，有人打飞脚来送消息。老爷的红沙青打胜了，把周一夫的蟋蟀咬断了一条腿，然后再扑上去咬死了它！

母亲喊，快放鞭炮。

父亲是黄昏时分，带着一脸的酡颜走进院子里的。

城儿，你的话果然应验了！那个山本也在场，气得一块脸都黑了。我们一大群人去了山本洋行，看着周一夫把膏药旗落下来。

红沙青呢？

放了，它该去天地间养息养息了。

那一晚古城欢欣若狂。季宇特地去请戈长生的戏班子在华南大戏院唱了一晚的好戏，戈长生的《借东风》，他妻子的《梁红玉》，还有《盗马》《拷红》，把个戏院子挤得像个蚁窝。

戈长生分文不取，说，我来凑个兴，季宇兄！

日子又过去一串，在秋末冬初的一个夜晚，季宇与朋友在雨湖的一个亭子里做过诗后独自回家，并为“乱石破云龙欲下，长芦点水雁初南”一联而自得不已。在生满修长的芦苇的湖边，他被人死死地勒住了脖子，然后丢到了湖里。尸首三天后才打捞上来。季城看见父亲的脸色依旧很平静，好像睡着了一样。只有脖子上的那道勒痕，郁紫着一圈愤懑。

在日本人快投降的前夕，周一夫一家突然不见了。

直到十年前，周一夫携着一家人带着财产回故里定居，人们才省悟过来，他们当年去了香港。回来后不到两年，周一夫得癌症死去。他的儿子周戟眼下已经三十有九，在城中开了一家金利发房地产公司。

在城中大款们的交际世界里，季城与周戟打过几次照面，远远地便感觉到那双眼睛里潜藏的敌意。周戟永恒的西装革履，一看便知都是名牌，手上握着一个大哥大。

呸！季城想，不过是个暴发户而已！

5

雨梅是在一个细雨纷飞的下午读到了这张报纸上的一则征婚启事。这张报纸是她儿时的那座古城出版的。学校里没有订这份报纸，她也没有订。只有一种可能，是好心的同事偶尔带回来的，然后悄悄地压在她的备课本下。这位某男，自称年过五十（这是个很有活动空间的数字），出身于书香门第，丧妻多年，家有很好的经济来源，并有一座古典风味的宅院，“四时花事，款留春光秋色；雕檐画栏，尽在诗画之中”，欲觅三十五岁的未婚女子为侣。

看完这则启事，雨梅便觉得他要找的定是她了。他是个什么模样，她并没有多想，她关注的是他是否真有那么一座宅院，这座宅院是否与她儿时记忆中的宅院相似。她悄悄地写了封信去，直率地表示要看看他的家。在以后他们真成了秦晋之好后，季城告诉她其实还有个条件没有写进去，就是女方的容貌应酷似他的前妻，前妻死的时候正好是三十五岁！

当雨梅在约定的时间里走进这条深长的巷子，敲开这个院子的门时，她没有半丝的陌生感。雨细细密密地濡染出一院子的娇红嫩绿，她嗅到了月季花湿湿的香气，有一种归家的心情在周身洋溢。

季城在打开院门时刹那间，惊得半晌无言，眼前的雨梅活脱脱就是他从前的妻子。关好院门后，他说，回来啦？

回来啦。这一去时间还真不短。

在厅堂里坐定，雨梅顿觉时光的倒流，明式家具，名人字画，虬龙般苍老的树桩盆景，连啜茶的那只瓷盅，也是清代乾隆时的珍品。

你什么时候过来？

你说呢？

越快越好，不必教书了，闲着吧，看你这样子也不是个谋生计的人。家事也没有，有小保姆哩。

我不愿出去参加什么社交活动。我就喜欢待在这种气氛里。

那当然好。

结婚不要大轰大闹，我烦这些。

行。

雨梅便过来了，做了季城的夫人。

小保姆秀秀气气，专门侍候着她。

在此后的日子里，一切都平静如水。季城是个闲人；忙着在外面应酬、玩耍，院子里唯有雨梅和小保姆的身影和声音。

他们彼此都很快乐，季城有家可归却不受家的约束，雨梅要的是这种古典的氛围，而不完全是一个丈夫。走在院中的各处，总让她拾捡到前人的诗句，或是出自自己的灵光一闪。芙蓉腰带春风影，茉莉心香细雨天。碧云何处雨，残日一帘秋。对于季城，只要他一不在跟前，她就想不出他到底是个什么样子，就是小保姆提及季城，她也会愣住，记不起说的是谁。小保姆常想，季先生找了雨梅做什么，她根本就不是这个时代的人。

季城给她置办的衣衫多是红色的，他说，这院子太阴沉了，要亮一亮才好。她并不反对，她也喜欢红色，红色似乎是女性的专利，红妆、红楼、红粉佳人、红颜、红袖、红绣鞋……

夜里，她早早地上楼，穿着水红色睡衣，坐在床沿。屋里不开电灯，燃着两支龙凤大红烛，灯花不时地炸出清亮的声音。床是雕花床，紫红色的；搁脚放鞋的踏凳，也是紫红色的。

她穿着一双薄底浅帮的红缎鞋，脚很窄很小，静静地搁在踏凳上，等待着什么。楼上西边的那间小厅里，季城和小保姆在看电视，笑语声轻轻的，压迫着从喉咙里挤出来。雨梅望着红烛，想一些很久远的故事，心里充满着一种渴望。这渴望不是对一个具体的人，比如季城，而是一种对一个古典的洞房乐事的缅怀。

季城终于推开了门，再轻轻插上栓。他打开一个精巧的小柜子，拨弄了一阵，再关上柜门，于是优雅的古典的箫声便漫满了屋子。那里面有一台收录机。箫声似来自夜空下的某一段柳堤或是一座水上的亭子，雨梅一身便酥酥的，两眼盛满了痴情。季城很喜欢她这种样子。

他走过去，坐到雨梅的身边，问，累吗？

她嫣然一笑。

他便小心地给她脱下红睡衣，缓缓迟迟，把这个过程变得很悠长很有韵味。但他不给她脱鞋，他认定洁洁白白的一条，点缀那么两点鲜红，很美，尤其在烛光下看。他把她放倒在床上，自己再急速地变成一条光赤。

雨梅听着富有质感的箫声，摩擦和搓揉身体的各处，凸凸凹凹地蜿蜒着，有时柔若春风，有时痴如潮水，盘桓最久的是她绵软的胸脯。她的脸上闪出一派春情，呼吸声急促起来。床榻开始颤动，开始低低地呻吟。雨梅的身子轻盈无比，飞了起来，若驾一片轻云。

楼的那一头响起焦躁的脚步声。

小保姆还没有睡。

一直到烛光渐渐暗淡，箫声所剩下的一缕，飘出窗外，杳然无迹。

每个夜晚都如此相似。

一晃就过去了五年。

6

在小报上登出《湘军后裔一掷千金买促织》的文章后，季城突然成了古城的大名人。这篇文章的题目他是很满意的，一是点出了他的出身，二是表述了他的富有。

这篇文章戈长生也看到了，而且很生气。他不懂季城也配称作“湘军后裔”，他对聋子老侄说，他祖父不过在我祖父军中当过几天管家，好像血统都贵重了，屁！

在很多年前，戈长生的祖父是湘军的一名大将，在打开南京后，带着一大把战功和无数的财物到古城来稍作歇息。那时，这个世界上当然还没有戈长生。戈府张灯结彩，门前车水马龙，宾客蜂拥前来拜谒，成为戈府家族史上显赫的章节。戈长生在后来听长辈说起这件事时，他一下就理解了，那时他已下海作了伶人，今日王侯明日卿相，前呼后拥，叱咤风云，舞台和人生其实是一回事。他可以揣测出祖父的那一份得意和傲慢。祖父之所以奏报朝廷要返回古城作短暂停留，还因为曾祖母将临六十大寿。在熙熙攘攘的拜客中，便有一个瘦瘦高高、文文秀秀的书生，那是季城的祖父。他希望能在戈长生的祖父手下做点事，混一个前程。在这次有些唐突的会见中，年轻的书生给戈长生的祖父留下了很深刻的印象，这使他日后从一个清贫书生成为了有名声有资财的官吏。

我让你来操办我母亲的六十大寿，看看你的才干。

戈大人准备花销多少？

他伸出两个指头。

两万两银子？

不，是二十万两！

戈府的寿庆，可以说在古城的历史上空前绝后。城中的通衢大道，两边的廊檐上都挂上“寿”字大红宫灯，入夜，把天空映得鲜红欲滴；从京城、汉口请来著名的京剧班子、汉剧班子，夜夜在空旷处新搭的彩台上献艺；湘江边的几座楼台上，施放焰火，染出一江五彩绚丽的波浪。前后三天的寿宴，摆满各大酒楼饭馆，几乎喝醉了一城的老小。末了结账，竟花去六十万两白银。

戈长生的祖父很高兴。好，有气派，男子汉做事就须如此。

此后，季城的祖父便当了军中的钱粮总管，并得了一个六品的官衔。季家渐渐地富庶起来。不料他有一次马失前蹄，从马上栽下来，顷刻气绝。

他是湘军后裔，我是什么？戈长生愤愤地说个不停。他如今无非有两个钱，就人五人六起来。

季城当然不知道戈长生的愤怒。虽然平日里碰面他不得不称一声“戈爷”，心底里却看不起他，骂他是一个老老废物。其实，为这篇文章愤怒的不仅仅是戈长生。季城接到一张大红“斗帖”的时候，叫了一声老子怕你个屁！

这是古城传下的规矩，一到白露节即是斗蟋蟀的黄金时令，斗家们便互下帖子邀约“开斗”，同时还请许多有身份的人作公证。这种帖子叫“斗帖”，时间、地点一目了然，至于赌注下多少，则可面议。

给季城下“斗帖”的是周戟。

季城先生：

闻获“山东大将军”，勇武无比。今临白露节，弟愿邀先生携虫开斗，不知可否赏脸？地点选在寒舍或尊府，请明示。数十年前，我父与尔父曾有过一场鏖战，想不会遗忘！

季城气得一身发抖。

1944 年的那一场蟋蟀大战，以周一夫的败北而告终，山本洋行的膏药旗从此再不悬挂，但在这一年的秋末冬初，季宇却死于非命。季城推测这件事定然与山本和周一夫有关，日本人的投降和周一夫的出走，季城已淡化了这一腔仇恨，但没有料到周一夫的儿子却铭刻于心，竟然把“斗帖”下来了，其用心自是明了。相形之下，周戟算得上一个铁血男儿，而他季城就无能得多。“斗帖”宛若一团烈火，烧沸了季城的一腔渐次冷漠的血液，他当然不能蔫头蔫脑。他迅速地下了“回帖”，地点就选在郊外周戟的一座新盖的小别墅里。他之所以不选在自己家中，是因为雨梅不喜欢见生人，他也不想让生人见到她。

当季城捧着只古雅的紫砂蟋蟀盆，乘出租来到小别墅门口时，周戟昂着头迎了出来。

季先生，请！

周戟老弟，不客气！

在一派洋气的客厅里，意大利真皮沙发摆了一圈，正中一张长方形的法国高桌，墙上挂着几幅本地油画家的静物画。

证人请了好几个，都是一些搞股票、古玩和房地产生意的大款。

季先生，喝咖啡还是喝人头马？

我喝西湖龙井！

佣人们开始有秩序地忙碌起来。

先议赌注。

周戟不玩钱，坚持要赌季城街上的几爿门面。五爿门面一场，我则以这座别墅下注，值五十万！输后，一星期内再允许赌一次，然后交割清楚。

季城优雅地呷了一口茶。行。

周戟一挥手，拿我的那只绣花针来。

各自的蟋蟀放于硕大的斗盆里，横中隔着一道闸门。蟋蟀隔着闸门闻到了对方的气息，开始振翅而鸣，犹如厮杀前的呼叫。

绣花针果真威武。季城记起有本专讲蟋蟀的书里说到它：美名叫做绣花针，毒牙暗藏小锥深，嘱咐诸虫早回避，不然一斗即伤身。但他并不怯场，他的“山东大将军”也不是等闲之物。

公证人正要开闸，周戟说，慢！他从口袋里掏出一只放大镜，先仔细地看看绣花针，又照照“山东大将军”，似在作一种比较。行，可以开闸了，季先生，你不会后悔吧。

季城轻蔑地一笑。

打草、开闸、引斗，两只虫杀奔一处，尖厉的叫声让在场每个人的头皮都发麻。季城想到当年父亲与周一夫斗蟋蟀的情景，定然是相去不远。他和周戟分立桌子两端，颈根伸得老长老长。他觉得他就是季宇，对面的周戟就是周一夫。历史也会惊人的相似。

一切都在季城的预料之外，没想到三四个回合后，“山东大将军”傻乎乎地原地转着圈，绣花针趁势扑上去狠咬一口，“山东大将军”就痛得回马逃窜，可怜兮兮的样子。公证人高喊一声，周老板获胜，季城一伸手从盆中抓出“山东大将军”，狠狠地摔在地上。五爿门面输掉了。这没什么，关键是丢不起这个人。他看见周戟的眼圈浸出泪水，口里喃喃地不知说些什么。他在告慰周一夫的在天之灵，终于报了这一箭之仇！

在片刻的失态过后，季城镇静下来，脸上浮出笑意，一拱手，周戟老弟，祝贺你，三日后我再来此地。说毕，一甩手走出别墅。秋风好凉。

坐在汽车里的季城，想着“山东大将军”的惨败，有一种难言的屈辱，同时又奇怪这场开斗的荒诞和短暂，像这种上等的好虫，不是几个回合可以解决得了的，他想起了周戟的那个放大镜：父亲当年走出开斗的地方时，鞭炮的红屑一直飞到他的头上、脸上，无数的祝贺簇拥他，他不愧是一个胜者。季城看看车窗外，秋色有些惨淡，正如他此时的心情。

季城忽然想起戈长生，他家里总是有几只虫王的。

7

夜色如漆，正好把院子渐次染黑的时候，戈长生把紫砂盆放在卧室的枕头边，准备早早地安歇。戈家的故事本是平谈无奇地演衍下去，谁知陡生波澜，连戈长生都始料未及，吓得一张脸都白了。

使这个故事横生枝节的送信人，是票友剧团的一个很倜傥风流的小青年，他结结巴巴地说完一堆话就走了，把戈长生和聋子老侄凝固在空洞的大厅堂里。一种非常久远的恐惧，自非常久远的时间和空间，顺着戈家的血缘之河，猛地袭到戈长生的心头。他感到面临的是家破人亡的大祸，当然事件的性质远远没有这么严重，但恐惧的实质却完全相同。

戈家尽管是名宦大族，外面烈烈扬扬，而带着恐怖气息的阴影却潜行家中的各个角落。昨日峨冠博带，今日披枷戴锁，官场的事谁又能料定。戈家是受过许多次惊吓的，这惊吓成为一个神秘的符号积存下来。戈长生当年之所以下海作伶人，很大的程度上是想躲避这种恐怖的神秘符号，同时在那个很看得起京剧的社会情绪中，并不失一个世家子弟的风度。

许多年以前，男子的头上还留着一根可笑的辫子，戈府显赫的门庭，威武地伫立在繁华的城正街上，门前有一对巨大的石狮子。后来，这所房子作了光复后的县政府。戈长生小时候由老家人领着他到那里去玩过，他把手伸进狮子的口中去拨弄那个圆滚滚的石球，石球旋转着叮叮当当地响，天地间仿佛都流淌着这一派清亮的音韵。戈家发生的一次大惊吓，是戈长生还没有出生的一个萧条的秋天的日子。回乡省亲的祖父正老态龙钟地躺在烟榻上吸鸦片烟，漂亮的小丫头给他捶着腿，在枪林弹雨中练得很结实的身子，正在官场腐败的气息中慢慢耗损，只剩下一堆臃肿的肉。忽有一个心腹跑来告诉一个惊人的消息，他的好友，曾和他共领湘军兵马的骁将，现在是八省巡抚的彭大人微服私访到了古城，将戈府主厅屋脊高过省城藩台衙门主厅屋脊，以及擅用黄琉璃瓦的罪逆写成奏折，正飞马向京城传递。这罪名可了不得，满门抄斩，株连九族。

戈老太爷把烟枪一丢，挣扎着坐起来，双眼无神。一时间戈府上下静若坟场。那一个停顿，所包含的战栗，秘密地留在戈家的历史上，在戈氏子孙的心头递传。这个停顿的时间其实很短暂，但在当时却显得十分漫长。那个心腹小心地走上前，在戈老太爷的耳边细语了几声，戈老太爷的脸色便开朗起来，这几句话带来了戈家的一番忙乱，许多工匠被招来迅速地拆矮主厅屋脊，再盖上紫褐色的陶瓦。戈老太爷连夜起草奏折，告彭大人利用私访的机会，诬告同僚，耸人听闻，戈家总算又过去一道难关，但余悸却不因此而消失。戈长生想起儿子在十年前携子挈妻去美国投奔他的叔叔，似乎也与他这一生受的惊吓太多有关，不惜把自己的父亲丢在这个院子里。

戈长生坐在昏黄的电灯光里，对聋子老侄说，这些少廉鲜耻的东西，毁我一世英名。

他们也敢到外面去搭班，扮相没扮相，声音没声音。聋子老侄的嗓子像打雷一样响。

他们居然敢打我的招牌，人五人六去闯码头，又是京剧又是通俗歌曲，真寒碜人。

你戈爷是这个德性吗？

这下子好，闹到观众起哄，台上台下打成一片，把个剧场砸得稀巴烂，还伤了不少人，人家要到法院起诉，告我戈长生招摇撞骗，让我赔偿所有经济损失。谁让我是票友剧团的团长！从前，戈家不在乎这个，可眼下……

私了才好，不要对簿公堂。

那当然。

秋风很凉，飒飒地灌满了厅堂。

他们再无话可说。

该到哪里去筹这笔钱？

就在他们相对无言的时候，季城正从一个朋友家喝得趔趔趄趄走出来。斗输了蟋蟀他就没回家，找谁说去？雨梅不想听这些，她也想不出什么主意，她活在另外一个时代里。在一盏街灯下，他叫住了一辆人力车，此时此刻他不想坐出租车，他希望听那种咯噔噔的车轮声，在青石路面上一抖一抖。他要去找戈爷戈长生，向他借一只虫王。这老东西还不知道会怎么神气，但人在屋檐下，不得不低头。他眯着眼睛靠在车上养神。他不知道戈长生正愁得不行。

戈长生拿着折扇，猛地打开。

聋子老侄非常熟悉他这个动作，这个动作表明他心中积攒着一大团情绪需要倾泻，倾泻的方式就是吊上两口。聋子老侄迅速地取来了京胡，紧轴，调弦，拉开架势，虔诚地望着戈长生。

《走麦城》！关云长的那段，你听好，戈长生大声吼着。

聋子老侄点点头。

戈长生几个台步跨出，（念白）罢了哇罢了！然后一甩头，京胡声便悲壮地响起来。

戈长生唱道，想当年立马横刀风云眼底，杀庞德擒于禁威震华夷。今日里困麦城身临绝地，一着错反受这群丑相欺。（白）兄王，大哥！失荆州负重托岂能无愧？纵有这擎天手难以挽回。（白）俺关羽！大错铸成何须后悔？雄心壮志岂化灰！卷土重来会有期……

戈长生唱不下去了，喉头哽咽，胸口发闷，跌坐在椅子上。他此刻是关云长，还是戈长生，他说不清楚。他的心境与当时的关云长一定酷似，那种愧疚和悲凉简直同质同量。

聋子老侄拉得泪流满面，当戈长生已经跌坐在椅子上，沉默成一尊塑像时，他的弓子仍拉得如同狂风暴雨，拉得一院子的秋寒更重更深。

戈长生想，只有这院子还值几个子儿。旋即自叹，祖上传下来的院子，就要败在我的手上了，这也是天意，何必多想。

8

季城的突然来访，令戈长生惊惶不已。他以为季城知道了票友剧团惹祸的事儿，出于祖上的某种联系，前来抚慰。戈长生不需要这种抚慰，何况是季城，他的祖父不过是一个突然发迹的穷书生，一个六品小官。因此当季城谄笑着向戈长生问候的时候，他只是不冷不热的“哼”了一声。

戈爷，我来看看您，您身体还好?

聋子老侄用细瓷盖碗斟上茶来，很响亮地说，季老板，请!

他的声音太大，季城震得身子一抖。

谢谢。

院子里的花木，黝黑黝黑，一团一团的，森森然，有风在枝叶间穿行，不时地弄出沙沙啦啦的声音。

戈爷，您每天都吊两段，真可说是穿石裂壁，我那内人总坐在阶廊上听，她说她耳福不浅。

是雨梅？倒听你常提起，从未见过，好像她不爱出门。

对。她喜欢您唱的戏，好些段子都会哼了。她说她什么时候要来拜见您。

戈长生高兴起来，脸色顿时平和了许多。他拿起那把折扇，轻敲桌面，敲出心头的自矜。季城眼中掠过一丝不快，没见过穷得叮咚响的人，还留存着那么一副架子。

面对季城，戈长生忽然有了一种忆旧的心思，好好歹歹季城是这个圈子里的人。他“唰”地把折扇甩开，看那“源远流长”四个篆字，分明嗅到很浓很浓的墨香自很久远的年代一阵阵飘来。

这个小小的细节，自然瞒不过季城的眼睛，他小心地呷了一口茶。戈爷，令祖真是一世英武，金戈铁马，气吞万里如虎，我的祖父蒙他老人家提携，才有一分前程。想起来，我们这些后人都对戈家深怀感激之情。

你祖父自然是个干才，年轻有为，你父亲那年和周一夫斗蟋蟀，山本洋行不得不降下膏药旗，壮举咧。那晚，我在华南大戏院唱《借东风》，嗓子也争气，一叫板一亮相就是一个“碰头好”。那时没有扩音器，得来真格的，声音震得满场子嗡嗡响。你那时还小。

季城开始着急起来，他不知道戈长生的闲言淡语何时可了？他哪里有这多闲工夫！幸喜戈长生提到父亲和周一夫的斗蟋蟀，觉得这是一个极好的契机。

是呵，是呵，戈爷的记性真好。父亲那只蟋蟀是红沙青，我见过的，平日里我对雨梅讲起红沙青，她颇为钦羡，老说什么时候能看看才好，再听听红沙青的鸣叫，准是一种享受。

戈长生哈哈大笑起来。我眼下就有一只红沙青，你拿给雨梅看看，让她长长见识。

季城欢喜得只差没晕倒。

聋子老侄去卧室里取来红沙青，放在桌子上。戈长生说，你打开盖子看看，和你父亲的那只可否相似？

季城颤颤抖抖打开紫砂盆盖子的这一刹那间，倒吸了一口凉气，分明就是五十年前的那一只！大小、形状、颜色、气韵，无不酷肖。这是一只红沙青，可称虫王，城儿，你来看看。

父亲的话又在耳边响起。当年在斗赢了周一夫后，父亲将红沙青放生了。这样的好虫，是秉袭了天地之气的，它不会老也不会死，这不，竟在此时此地又蓦然相逢！季城合上盖子，突然呜呜咽咽地哭起来，哭声回荡在灌满秋风的厅堂里，有如女人的懦弱和伤感。

季城，你又想起了你父亲是不是？过去了的事就别想了。回去吧，拿给雨梅看看，你说我欢迎她来走走。

季城抹干眼泪，欲去端紫砂盆，手又一缩。这不是骗吗？假若赌场再次失利，如何归还这红沙青？他抬起头来望着戈长生，戈长生的脸色依旧温和，并无半点勉强。大丈夫敢说敢做，到那时再来谢罪就是，无非多赔几个钱！他一伸手，把蟋蟀盆端过来，抱在怀里，站起来，就往外走，匆匆的。

聋子老侄一直把季城送到院门口。

戈长生摇摇头。

是雨梅要看红沙青吗？未必！

9

凌晨三四点钟的时候，雨梅突然醒了过来。屋子里一片漆黑，如一眼深井。许久她才适应这种漆黑，目光开始如蛇一般在各处游移。一切都朦朦胧胧，高脚案几上的铜烛台凸出暗黄色的影子，烧尽的龙凤烛只剩两根竹柄。她下意识地把薄薄的红锦秋被往上拉了拉，遮住袒露的胸脯。她很少在这个时间醒来，在一番缱绻缠绵后总是觉得精疲力竭，沉沉地深潜到一个香甜的梦里去，一直到曙光把梦舔破。她依稀听到很宏重的蟋蟀声，自屋外的某个地方如雷滚来，把她的梦辗碎，使她感觉到孤独和恐惧。

季城，蟋蟀叫得好吓人！

季城似醒非醒，喃喃地说，红沙青！

红沙青！你爹当年也有过。

就是那一只……它没有死……还在哩。

季城用梦中的呓语和她对话，更使她悚然，她下意识地挨紧了季城，蜷缩成一团，恨不得缩进他的身子里去。

她终于睡了过去。她看见一团红火，由小而大，由近而远，一直灼到她的胸口，她惊恐地尖叫起来。

天亮了。

10

一切都和三天前的情景相同。

还是在周戟的别墅，还是那几个公证人，还是那种赌注，还是那几个动作。只是彼此的眼睛中，多了一层敌意。周戟没有问季城需要喝点什么，季城自个儿点燃一支万宝路悠悠然地吸着。他们依旧分立在桌子的两端，双手撑着桌子，如同两头把爪子搭上来直立的狼。周戟轻蔑地笑笑，季兄，若再败，你街上的门面全完了。季城用手指轻敲桌面，这是只红沙青，当年赢了你父亲的就是这只虫王。周戟的脸亢地涨紫。在他小时候，周一夫曾对儿子描述过季宇的那只红沙青，余悸犹在。那是一尊凶神，好狠，把我的虫咬断了一条腿，然后再扑上来咬死……周戟的腿产生一种痛感，仿佛真被什么重重地咬了一口，几乎站立不住。

公证人的动作一如受过精良的训练，将双方的蟋蟀倒入斗盆内，蟋蟀的叫声透出完足的真气和厮拼的渴望。接下来应该是打草、开闸、引斗，周戟说，慢，我要验虫。他从口袋里摸出放大镜，先去照照自己的绣花针，再移开准备去照季城的红沙青。假若让他很好地完成这个最后的动作，那么结果将和三天前完全等同。因为季城突然穿插进去一个意想不到的细节，便使这个故事有了新的走向，所有在场的人都唏嘘不已。当周戟拿着放大镜正准备移向红沙青时，季城以迅雷不及掩耳的机敏，绕过桌子，一伸手，笑吟吟地夺过放大镜，双手一折，从黑亮的胶木柄里流出两滴药水，原来柄上是有个暗钮的，一按，便会喷出肉眼看不见的药雾，任你是什么厉害的虫王，也会败下阵来。

季城立眉竖眼，黑下一张脸。周戟，你比你老子还不如，在我们这个圈子里玩这种把戏，丢人！你说怎么办？你到底输得起输不起？

周戟的目光躲躲闪闪，游移不定。他不得不承认，和季城这号人斗，他还嫩了点。公证人责难的目光如利刃投向他。这是下作，有身份的人耻为同道。周戟镇静下来，拱一拱手，脸上浮满歉意。季兄，小弟赔罪还不行？三天前的开斗我一笔抹了，今天我们真刀真枪地干，行不行？

季城大度地点点头，念你年轻，我原谅你，开始吧。

公证人不依。三天前的开斗应算周戟败阵，别墅应归季城。

季城摇摇头。诸位的好意我领了，我季城不在乎这个，只是讨个公道。

众人好一番赞颂。

斗盆中的闸门抽开了。绣花针急急地向前窜去，在离红沙青不到半寸远的地方猛地停住了，惊恐地叫起来。红沙青一动不动，宛若在打坐参禅，从它的身上、翅上闪出一道一道的红光，额上那条红色的斗线跳动着，殷红如血。原本柔软的触须，由上而低垂向前，绷得笔直笔直，如两根长长的钢枪，挑着一种由衷的自信和蔑视。

绣花针在斗草的催促下，再一次扑上去，红沙青的长须疾速地一扫，呼呼有风声，竟把绣花针扫得身子一歪。就在这一瞬，红沙青振翅一纵，如一团红光射到绣花针的左侧，张开口，亮出一排尖齿，朝着绣花针的腮狠狠地咬了一口，绣花针痛得乱转，尖齿切入的声音，很脆很亮，然后带出一点鲜肉，喷在斗盆的壁上。季城的牙齿磨得格格响，他觉得是他在咬啮周戟，脖子上的青筋暴得老高。周戟双手蒙住了眼睛，惨不忍睹，腮帮子痛得钻心，只好跌坐到沙发上。

红沙青不断地扑上去撕咬，完全失去了理智，直到把绣花针咬得奄奄一息，再跳到绣花针的尸体上，得意地长鸣。按一般规矩，当绣花针败下阵，即可鸣金收兵，插上闸门将双方分开。但所有的公证人都被红沙青的气势所震慑，以致忘记了该怎么做。他们在无意中眼睁睁看着一条小生命被残酷地处以极刑。在以后的日子里，他们谈到这场厮杀时，还惊惶不已，并怀有相当多的内疚。

季城从斗盆里抓起红沙青，热热地呵了一口气，然后走到窗前，双手一扬，一道红光一闪，闪入窗外半黄半绿的草棵子中。就像他父亲当年一样，让红沙青去天地间养息养息。

周戟苍白一张脸，对一个佣人说，去把别墅的契约取来，交给季先生。又说，你们收拾好东西，我们输了，痛痛快快撤出去，把钥匙也交给季先生。

季城悠闲地点燃一支烟。

今晚我做东，请大家去洞庭春酒楼小酌。

他坐在沙发上，也请公证人安心坐下。他以一个胜利者的姿态，看着周戟的佣人们慌慌地收拾行李，看着他们一个一个走出别墅，神情惨淡。走在最后的是周戟。在一场伤痛过后，他奇迹般恢复过来，他和在座的各位一一握手，仿佛什么事也没有发生，他有一种惊人的克制力。

天阴沉沉的。周戟的身影嵌在门口的那一刻，季城觉得他很可怜。周戟突然转过身，缓缓地说，季先生，这没有完，我们后会有期。

11

正当季城快活得发疯，同时又忧心忡忡的时候，聋子老侄敲开了季家的院门，秋风里一院子的凉意泻到门边，粘住了聋子老侄的一双脚。他下意识地顿了顿脚，说，我大伯说那只红沙青不必还了，就送给雨梅玩。季城满面羞愧，这怎么行?我……聋子老侄什么也没听见，走了。

此后的一段日子里，季城把对戈长生的内疚转化为对雨梅的感激，他和她说起那只红沙青，说起他赢得的那座别墅，希望她能去看看，雨梅淡然地听着，什么也不说。她不喜欢那种小洋楼。她喜欢坐在这种古老的阶廊下，喜欢双手搁在红栏杆上，喜欢一院子的花木，喜欢古人的诗句在眼前的景状中回光返照。季城说，你怎么不吭声？

小保姆殷勤地问，你赢得的别墅是什么样子？

我领你去开开眼界，

季城发现小保姆已经长得很高了，衣衫里兜着丰满和诱惑，浑身散发出新鲜的气息。他果然带小保姆不时去去小别墅，是叫出租车去的，小半天工夫即回转，回转时只有小保姆一个人，脚步一弹一弹，口里还哼着歌。

那座别墅好新色，好气派，卧室里铺着地毯，床上的席梦思好软和。她的脸羞红一片，艳若桃花。

雨梅看着小保姆艳艳的脸色，觉得很好看，至于她说了些什么，她都没有听懂。

怎么戈爷不唱京戏了呢，聋子老侄不拉胡琴了呢。雨梅抬眼望着高高的围墙，轻轻地问。未必他们病了，出远门了？

就在雨梅思念戈长生那些响遏行云的唱腔时，戈爷仍然在聋子老侄的京胡伴奏声中，唱着他平生的得意之作，不过再不在自己的院子里了。在另一条小街背后的一处民房里，没有阔大的院子，没有宽敞的厅堂，只有一间卧室一间厨房和一个小小的天井。他把他的宅院卖了，去私了那场官司，余下的钱再买了这一处简陋的安身之处。他们常坐在天井边唱戏和拉琴，唱得最多的是《秦琼卖马》，却没有秦琼那份悲怆，倒显出一种真正的平和。天井边的青苔，和从天井顶上飘来的秋风，秋雨，让他们感到时序的周而复始。戈长生说，人就是那么一回事。卧室里传来蟋蟀的鸣叫，是那只真色黑。戈长生想起了红沙青，不知道在雨梅那里可好？忽而摇摇头，已经失掉的东西就不是自己的了，还想什么？

雨梅恍然若失，这眼前的一切因没有戈长生的唱腔而少却不少滋味。经典式的京剧是艺术的高峰，更是一段古老光阴的鲜活化石，那是雨梅进入古典氛围的另一条通道。这条通道忽然失去了标志。

有一天，她问季城，戈爷怎么不唱京戏了。季城腆了腆肚子，说，他把家败了，搬到一所很旧的房子里了，成了一个普通不过的人了。你要听京戏，我去买些录音磁带。雨梅惊恐地伏在栏杆上。我不要磁带。

季城说，神经病！

他对小保姆一招手。去别墅看看。

院子里悄若无人——只有一个静静地伏在栏杆上的雨梅。

戈爷为什么要卖掉院子呢？

12

那天，当红沙青被季城捧起，暖暖地呵了一口气后，它立即感受到一种知己般的亲切，它眨巴着小小的眼睛，看见了季城脸上的欣喜和自豪。是的，它打胜了，活活地把绣花针咬死了！它好累，从一场生死搏斗中走出来的所有想法，就是回到它的紫砂盆中去歇息歇息。从记忆中它仿佛回到许多许多年前，似乎也有过这样一次生死搏斗，但最后的结果是它被主人所遗弃，回到荒郊野外。它的身子轻轻飘起来，在空中划出一道美丽的弧线，然后落在一大丛草棵子间。这是怎么回事？难道一个胜利者的结局竟是离开它的荣誉，离开它的战场，被放逐到天地之间，去与清风明月为伴！一种旷古的悲凉袭上心来，红沙青凄楚地鸣叫，如泣如诉。

它吮吸了几口缀在草叶上的雨滴，干渴的咽喉凉凉的，如灌下了一杯醇酒，它开始思索作为一只蟋蟀的使命和归宿。就像一个职业拳击运动员，他的天地只可能是拳击台，永无休止的拼斗应是一种享受。作为一只蟋蟀，一只天赋很好的蟋蟀，它的所有存在都离不开那只斗盆，不断地去为主人赢得欢呼和掌声。它觉得很冤枉。戈长生养着它只为听它的鸣叫，用一种仁慈来阉割它战斗的秉性，以求得心灵的安宁。季城得到了它，在一场小小的厮杀之后，为换取一种潇洒的风度，又将它放逐了。它的命运有如一个军人的命运，军人与战争息息相关，有了战争才有了军人的骄傲，但人世间却渴望和平，和平的永久性便使军人没有任何作为。红沙青自比是一个军人。

这所有的思考其实早已过去。红沙青此刻蹲伏在一座很荒凉的山岗下的一个幽深的洞穴里，洞口有几条蝎子在把守，像卫兵保护着军帐中的将军。它正在学会等待，等待一个时间和空间的交叉点。在这个点上突然有一双锐眼发现它的存在价值。

夜，永恒的深和黑。

13

季城的脸色若霜冻雪盖，悠闲的笑仿佛被扼杀死了，嘴里骂骂咧咧的，这是第二年的春天。他开始厌烦雨梅，一个神经兮兮的女人再引不起他的丝毫兴趣。她有如一个古典的木偶，对现实中的一切都没有反应。可悲的是对他的厌恶雨梅全无知觉。全无知觉的雨梅逐日在消瘦和憔悴，坐在阶廊上双眼翻上，盯着曾与戈家相隔的围墙，喃喃地说，戈爷怎么不唱京戏了呢？

依旧是红睡衣、红缎鞋，依旧是龙凤烛高烧，依旧静坐在床沿等候那个古典的情节。但季城与小保姆在电视室里呆的时间越来越长，笑语声如奔腾的波浪，放肆地击撞。小保姆娇娇地喊着好疼，声音很大，恨不得想让天下人都知道。雨梅无神的眼睛在烛光中逐渐闭合，然后疲惫地横倒在床上，在深深的夜色里，她听见季城走进来，没有箫声的飘起，箫声也死了。

他走到床边，把雨梅粗野地往里面移了移，自己便躺下，顷刻间鼾声自肥肥的身体里喷薄而出。

雨梅的梦里总有一个黄梅雨季。

季城有一天对她说，这院子完了！什么？完了？完了什么？

季城说，我们要搬到那座别墅里去，过几天洋日子！

不！

小保姆讥讽地一笑。

所有的情节和细节，季城都没有对雨梅说，却全告诉了小保姆。

季城走到一丛月季花前，捋了一把待放的花苞，说，周戟这乳臭小子的手段！

周戟此刻正站在总经理室的一张地形图前，对簇拥在身边的下属洋洋得意地指点着。旧城区的改造，市政府是下了文件的，由我们金利发房地产公司和香港泰华公司合资兴办。第一期工程在老城区横中宰一刀，先拆迁，再建楼，总计两个亿。我公司先付二千万用于拆迁，然后泰华公司的一亿五千万资金到位。他的手指正按在季城所居住的这条深巷上，像按着一条细细的蚯蚓。

季城记起去年秋天周戟走出别墅时，回转身来说的那句话。季先生，这没有完，我们后会有期。旧城区改造，竟从他住的这一片开始，街上的门面和这座院子全在拆迁之列。周戟这一着来得好狠！虽然会赔偿一笔可观的钱，但作为季城身份的象征，那些临街的门面和这座古香古色的院子从此消失，同时每月固定的经济收入也枯竭了。他还笑话戈长生吗，先搬与后迁不过是时间秩序的先后，其本质并无不同。旧城区中这些院子的泯灭，说明他们这些世家子弟的惨败，暴发户正春风得意。

这个春天的雨水特别多，飘飘逸逸织出一院子的迷蒙。

雨梅痴痴地站在阶廊边，听雨点打在屋脊上，响出一片紫青色的古韵，悠远而绵长；听雨点溅在肥厚鲜嫩的叶片上，绿色反弹出去染透一天雨帘。院中鹅卵石铺砌的小径，晶光闪亮，点缀着几片或红或白的落花。落花人独立，微雨燕双飞。恰有两只燕子，斜切过雨丝；衔泥在梁间筑巢。雨梅觉得燕子很可笑，还筑什么巢呢。她忽然走到雨中去，站在月季花丛前，弯下腰去嗅那湿湿的香气，久久地，直到衣衫濡成一团红湿，有如淋湿的一枝桃花。

小保姆不时地提醒她，这院子就要拆了，你还发什么呆。

我怎么不知道？

天下你不知道的事太多了。你知道周戟不？他爹败在季先生的爹手下，他又输给了季先生，他要报仇，就想出这个改造旧城区的法子。

雨梅信了。望着雨中斜飞的燕子，又说：我的巢都快没了，你还筑什么巢?!

燕子不懂，依旧来回穿飞。

你真傻。雨梅傻傻地笑着。

院门忽地打开，涌进一大群粗壮的汉子，季城走在后面，脸上的肌肉绷紧着。他对小保姆说，你照应一下，几台大卡车停在巷口，今天就搬过去。小保姆笑嘻嘻地应允着，问道，雨梅呢？

雨梅惊愕地望着季城和这些陌生人。我不去，我还要住一晚！

由着你！我们先走。季城愤愤然。

到薄暮时分，院子里寂寂无人了，该搬的都已搬走，该走的人都走了，只剩下雨梅。她觉得静得可心，这院子只属于她一个人。她小心地关了院门，然后踅到楼上的卧室里去。卧室里还留着一张床、一个案几，她点燃了两支龙凤烛，即刻泻出一屋子红光。她脱下湿淋淋的衣服，洁白的肌肤被渐次染红，再换上红缎鞋，在屋子里来来回回地走着。她看着自己美丽的肌体，竟怀疑这不是她。走累了，便如一尾鱼游到床上去，烛光如潮水，她潜在水的深处，一动也不动。

一切都静如远古。

雨梅听见蟋蟀的叫声从很远很远的地方传来，终于宏重地响到了床前。春天怎么也有蟋蟀叫？她记起姨妈临死前说的那句话。梅，我听见蟋蟀的声音了。她懂得了这句话的意思，她该去她该去的地方了。她来自这样的院子，又将随院子的归去而归去，心情有些激动。父亲、母亲、姨妈，你们等得太久……她合上眼睛，沉入雨声潇潇的梦中去。

雨梅合上眼睛的时候，郊外那座别墅里正灯火通明，大门紧闭，窗帘低垂，季城和小保姆坐在客厅里，喝着一瓶人头马酒，脸上焕发着一派春情。

14

这一片老城区终于夷为废墟，到处是断砖残瓦，到处是乱横的石板石柱，仿佛刚经历了一场地震。因为是在老城区中部出现这样一片废墟，就像嘴唇上的豁口，露出一堆腥黄的乱牙。春天过去了，夏天过去了，一转眼到了秋天。废墟上的砖石间顽强地窜出野草，星星点点，成为城中的一处风景。

拆迁了，泰华公司的钱却一分也没有到账上来。建楼成为了一个神话。

周戟像一头困兽，几乎到了绝望的地步。银行催还贷款，拆迁户催要住房，所有的电报和电话都被泰华公司拒之千里之外。流氓！无赖！骗子！曾经引以为骄傲的几百万全贴了进去，他地地道道成了一个破落户。他后悔这一切的起因，不过是一只小小的蟋蟀。为了报父亲的仇，才有一座别墅的失去，失去了别墅才想出这个改造旧城区的计策。以致落到一个更深更大的怪圈里。我们都是蟋蟀，是命运让我们每个人都难逃劫难！周戟有些痛恨自己的父亲。

秘书走进来，神色慌张，银行来人了。周戟说，挡住他，说我不在！……

又是一个秋天的夜晚。

废墟上远远地摇来一盏风灯，灯光舔破深深的夜色，把一派暖意散向各处。

哩哩哩……

有蟋蟀声自砖石堆中迸出，夜便显得更幽远更静寂。

灯光剪出两个背略有些弯的人影，悄悄地循着蟋蟀声寻去。

那是戈长生和他的聋子老侄。

青铜岁月

1

吴月住进这座古香古色的江南庭院已经三个月了。

1990 年冬天的鹅毛大雪纷扬在很柔软的风中，满眼洁白晶莹衬托着漆色暗淡的廊柱、翘檐和雕花的窗子，使她想起了久远的年代，想起了在大学读历史系时到藏书室翻阅发黄的线装书所扬起的衰老的气息。这一切让她觉得自己过于年轻的生命，嵌在此中不协调的尴尬。她希望迅速苍老，像庭院的主人金泽圃先生一样，满头稀疏的银丝，一脸深而密的皱褶。九十岁的金泽圃活得如此衰微，同时又活得这样从容，吴月认为深不可解。

这个大雪纷飞的早上，吴月站在院子里，任雪花落满一身，目光极悠远地望着冻云低垂的天空，心中激扬着一种想解透什么的强烈欲望。

吴月收拾行李到金府去的时候，她的男朋友嘲讽地说，去和那个老精怪作伴？看见他就好像看见了死亡！吴月冷冷地说，这是工作，然后扭头就走。刘晓追上来，他胸前猩红色的金利来领带从西装里跳出来如同一枝红杏，意大利镀金领带夹俗不可耐。那……我们怎么联系，我给你打电话？刘晓问。那里没有电话，你也不要来，有事我来找你。吴月的话凉润在秋天的空气里，森森然。刘晓望着吴月渐行渐远的背影，说，你会要后悔的。

从离开市政协的单人宿舍，吴月从没有过后悔的想法。领导告诉她，金泽圃是省参事室的参事，著名的文物鉴定家，且多才多艺，他这辈子全力以赴要完成的是一部叫古城文物史的经典著作，但是一直没有杀青，最后一章迟迟不能完结，因此让她去协助整理，顺带也长长见识。

当她走进古城中那条深长的小巷，高高的巷墙笔直地升向天空，只见出一线薄薄的天光；青石板铺砌的巷道莹洁可鉴，当然是岁月打磨而成；家家院门紧闭，暗黄色的门环仿佛铿然有声。巷子里没有人来人往，宁静得如同一条狭长的山谷。她感到了孤独的意味。而且是孤独地走进历史的意味。她很欣慰自己的应允。巷口所连接的通衢大道，喧嚣的市声正被消解得无痕无迹，剩下一片天涯地角般的寂寞。她说：也许，我这一辈子都离不开这条小巷了。

颤颤巍巍的金泽圃，拄着藤黄色的有着寿星头的竹节拐杖，站在廊檐边，用沙哑的嗓声说：我的书该结尾了，他该来了。

吴月猛地回转身子，透过雪花飘飞的缝隙，她看见金泽圃高大的身影再不弯曲，黯然无色的脸兀地灿亮如金属，这个血管里潜流着白山黑水气韵的满人后裔，在风雪的映照下如此动人。吴月的激动凝滞在微开的嘴唇上，久久不能合拢。

她发现金泽圃的穿着有点怪异，锦缎长袍上套着马褂，青缎棉鞋，厚白线袜，头戴瓜皮小帽，小帽的前面莹绿着一块美玉。一霎时，岁月如鸟在眼前逆飞而去。

您说谁？他是谁？

金泽圃淡然一笑。

那淡然一笑，极神秘，极邈远，吴月猜测到有一件重大的事情即将发生。也许，金泽圃之所以倔犟地存活于人世与此相关，而决非一些小报记者所称：盛世多情，焉能不老骥奋蹄，奉献余热！

她用手掌去接雪花，不一会就是薄薄的一层，冻红的手掌衬着雪的晶洁，很美。

2

吴月和金泽圃的第一次会面，是在金府光线有些幽暗的大客厅里。四壁书画，皆是逝去时光的遗留物，有一副对联是吴昌硕的，隶书、联语也很古致：商彝夏鼎气概；汉柏秦松精神。吴月嗅到了很浓郁的纸墨气味，历史在此一刻变得可视可闻，心便醉醺醺的。

硬木家具凸现出倔犟的线条，八仙桌、太师椅、雕花茶几、长躺椅、花凳……暗红的光晕盈满了每个空间。厅角有一个百年老梅桩，虬根蛟枝，点缀着碧绿的叶子。吴月的思路迅速伸延到过去的年代，充满着一种归去来兮的喜悦。

王珥。你来了很好。

金泽圃的眼光别样的慈爱，他端起盖碗茶盅，揭开盖，掠了掠水面的茶叶，细碎的清亮的撞击声，使空气发出回鸣。

王珥？不，我叫吴月。吴钩的吴，月亮的月。

吴月的纠正使金泽圃哦了一声，然后细细地打量她。你和王珥一个模样，真的。

是吗？那我是王珥吧。吴月好看地笑了。

不，不。王珥早不在人世了。你怎么会是王珥？金泽圃摇摇头，一头银丝晃动起来，有细微的声响出自发间。吴月又笑了，笑突然凝住，惊出一身冷汗。

记得还在大学的时候，她和刘晓晚自习后，独自回到宿舍，倦然入睡。

梦见她走进一个古典的庭院，庭院里有许多花木，忽有人唤她，王珥，王珥！她问，你唤谁？有人笑了，唤谁？不是唤你吗？她立刻惊醒了，惊醒了再也睡不着。第二天，她把这件事告诉刘晓时，刘晓怀疑地看了她好一阵，咕哝一声，莫名其妙。

吴月颤颤地问，您和王珥很熟？

金泽圃没有作声，很快地掉转话题。吴月，这里做饭、打杂有保姆，不用你动手，有事我会叫你。然后就回书房去了。

大厅里剩下孤零零的她，她喃喃自语，王珥是什么人？

有纯净的桂花香飘了进来。

1948 年秋某一天，二十四岁的王珥就坐在这个客厅里。当然，和王珥年纪相仿的吴月，怎么也不会知道这种历史的巧合有多么玄妙。她们是两个时代的人，她们不可能认识和交谈。但后来吴月越来越强烈地认定，她认识王珥，而且熟悉王珥的一切，她们的时空发生经常性的重合。刘晓说，那是因为你读过了王珥的日记。不仅仅是日记，我觉得我简直就是她了。吴月说。

那天下午很阴悒，秋风的颜色似乎呈一种暗青的液体，稠得让人透不过气来。

王珥，你来了很好。

我以后不会来了。

金泽圃说，我知道。钟鼎死了。

王珥哭起来，我没有把他救过来，我找不到那一批东西，临死的时候钟鼎的两只手还做着那几个动作：掂、旋、顿、倒。那批东西到哪儿去了呢，好像压根儿就没有存在过。

不。不。那批东西不可能没有。

可钟鼎死了，彭万泉死了，彭子谷——也死了。

彭万泉还有后人在。

钟鼎死了，这一切对我都没有意义了。

也许是的。可我还得等着。

金先生，这是我的日记本，就留给您吧。

王珥把一本精巧的日记本放在茶几上，然后拭干泪走了。

她果真再没有回来。

王珥的日记本后来捧在吴月的手上了。是金泽圃借给她的。窗外是一株枫树，红红的枫影叠合在窗口，也投在日记的纸页上，如淡淡的血痕，吴月读得神情痴迷，身临其境。她觉得她真是王珥了，王珥所做的一切她都能理解，以至金泽圃叫吴月的名字时，她一时还回不过神来，她是吴月吗？

刘晓越来越觉得和吴月的疏远不可逆转。他和吴月同系同班，在历史这个领域有着共同的基点。虽说不是一个单位，政协的文史室和博物馆应该是声气相通的。他们的分歧在于，他努力挣脱历史的羁绊，走向真正的现实生活；而吴月却在远离现实生活，更深地进入历史的底蕴。他说，我挣钱为什么？吴月说，为了你自己！

吴月对这座庭院已经相当熟谙了，自第一次和金泽圃会面，以后的日子则很少见到他。每顿的饭菜由小保姆送到书房里去，很远很远吴月听见金泽圃缓慢地咀嚼饭菜的声音。

她开始各处巡看，像巡看自己的家，从庭院犹留的风貌中想见金府昔日的气派。金泽圃没有亲人也没有朋友。唯一的一个儿子死在抗美援朝的战场上，儿媳改嫁去了外地，丧子之痛曾让五十二岁的金泽圃铭心刻骨，他一头扎进他所要完成的著作里，任时光霍霍地流逝。和他先后同时代的朋友，早就埋骨荒丘，倾心交谈已成为记忆中的奢侈。

令吴月惊异的是这样一座古香古色的庭院，居然可以在这几十年的风风雨雨中挺过来，虽说比不上昔日的规模，但元气并没有大伤。历史有时会出现意外的奇迹。

吴月在拍拍楹柱抚抚雕栏叩叩花窗的间隙里，想起了金泽圃留在文史室档案柜的那份自述，文字的抽象感迅速与眼前的实景重合，一切都变得历历可数。

金泽圃，满人，祖上曾隶属正黄旗，祖父任过直隶总督，父亲做过楚地的巡抚。他出生时便有荣耀的爵位和俸禄，一睁开眼便见到花团锦绣的繁华，辛亥革命奏凯时，父亲为殉清而吞鸦片自杀。但因家资雄厚，金府的气势并不稍减。此后他仗着深厚的国学根底和对家藏的反复摩挲，成为古董圈内著名的鉴定家，尤其在青铜器的鉴赏上独具慧眼。他在自述中把这一段时光称为青铜岁月，并为此而自矜不已。他喜欢古玩研读古玩，却决不沉溺其间，古玩在手上进进出出有如住驿站和旅店，一辈子从不为古玩所累。

自述中有两处文字极具文学色彩，真实而生动地描述令吴月心驰神往。一处是叙述与大学刚毕业而已有妻室的儿子在车站送别，雪花落在儿子的睫毛上，他用手指去轻轻抹掉，抹去雪花时也抹了一手的热泪。儿子说，爹，我又闻见家里青铜器的气味了！另一处是说他常在初夏和凉秋的庭院里摆蝴蝶宴，来的都是古城的名贤。上菜前，仆役将陶坛摆在宴席不远处，那里面盛满了雇人捕捉来的各色蝴蝶，当坛盖打开，蝴蝶纷沓而出，灿然如五彩焰火。

吴月想，王珥定在此中。

3

1934 年的古城苍灰在猩红如血的落照中，秋风无边无际，广袤的天宇有雁子嘎嘎划过，一切都显得很苍凉悲壮。

刚从北京大学历史系毕业归来的钟鼎，神情黯然地走出破旧的火车站，他整了整笔挺的西装，对前来接他的父亲和家人说：我回来了。说这句话的时候，他热泪盈眶。他觉得他很孤独，他曾写信告诉父亲，他和她一起回来，可现在只剩下他一个人了。

他说，她被当局逮捕了，立即被枪决了。她临刑前捎给我一个纸条，说，很对不起，我不该隐瞒我的身份，因为我太爱你，害怕你不能理解我所做的一切。他伏到父亲的胸前，悄声地哭起来。

父亲说，你回来就好，爹快不行了，自你母亲去后，我就不行了。

那时候，钟鼎还书呆子气很重，但一腔热血在女朋友故去后骤然冷却，他对现实的无奈促成了他对历史的莫大兴趣。

父亲是古城最大的典当商，拥有十几爿门面和乡下的数百亩良田。在1919年前后，典当行收罗了大量豪门贵族典当的古玩，又因到期无法赎回而成为死当，钟家有着许多珍奇古玩。这使钟鼎的父亲在丧妻后，一头扎进古玩堆里打发寂寞的光阴。

传闻中钟家有不少稀罕的青铜器，但外人从无一见。那种绿汪汪的颜色使钟鼎不能自已，美丽的花纹和纯和的锈色，通过摩挲的双手进入他的血液。他常常闻到一种青铜的苍古气息，自身体的各个部位发散开来。父亲欣赏青铜器时，掂、旋、顿、倒几个动作如病疫一样传染给了他，并构成他日后生活的全部内容。他得了一种叫青铜器癖的病。这些青铜器成了他所独占的一段历史时光，成为一个温暖的巢，他躲在里面可以漠视冷酷的现实。

后来，他利用父亲在商界和政界的影响奔走呼号，导致了一座博物馆的诞生，除了他这个馆长之外还有一个杂役，政府批拨的经费少得可怜，却给了他一个很理想的馆址——关圣殿，一座很恢宏的大庙。他用家资来维修房屋收购藏品以及给别人发工资，家中的藏品都搬到了关圣殿，最精美的青铜器却关进了一间密室，除了他之外，没有人进去过。

钟鼎的父亲是他准备上任去当馆长时溘然而逝的。临死前他对钟鼎说，你要给我生个儿子。

那时，博物馆的花名册上，还没有王珥这个名字，她还在她叔叔的花园里摘刚刚开出的玉兰花骨朵儿，用线穿成一串，做成一个项圈，戴在脖子上。站在不远处的婶娘“哼”了一声，以表示对这个无父无母的孤儿不屑一顾。只有她的叔叔很欣赏地看着她。她不知道她的未来充满了惊险和痛苦，并为此而结束自己年轻的生命。

吴月被唤进金泽圃的书房时，她的心情非常激动。四壁立着樟木大书柜，书的气味使她的鼻翼不停地翕动。她走到金泽圃的跟前，说，您叫我有事？

金泽圃说，你在这里待一待，看一看，我到院子里去走走。

金泽圃拄着拐杖走了。

吴月觉得这老先生很怪异，叫她来又不吩咐要做什么事，却一个人走了。她看见书案上胡乱摆着文房四宝、书籍和一大叠手稿，她想该给他整理一下了。

待到真正要整理时，吴月发现这一切其实并不混乱，是很久以前就约定俗成了的一个格局。砚池是打开的，墨水早干涸了，留下一些枯干的墨渣；毛笔搁在砚池边，铜笔套仿佛刚刚拔开，但细看毛笔的尖端已僵硬如锥；手稿一叠厚一叠薄，薄的这本正翻开着，正楷写的是第二十章古城文物之谜，除了题目，其他的字一个也没有，上面有一层发霉的灰尘。吴月立即想到这一章已搁置许多日子了，是什么难住了老先生使他无法完稿，以他的博识来论绝不是什么技巧问题。她拿起厚的那一叠手稿，随便一翻就翻到了古城的博物馆那一章，从博物馆人员构成那一节中，她看见了钟鼎和王珥的名字，接着又在古城的古玩业一章中见到关于彭万泉、彭子谷等古董商和古董店的介绍。吴月此刻并不知道她已不由自主地走进了一个故事，并且一步一步地进入故事的核心。走进故事的这个通道，分明是金泽圃有意留下的。

金泽圃在花木森然的院子中缓缓走着，风拂动他满头白发，使他清醒地忆及往事，所有的神经末梢，从一种颓然扭曲的状况中蓦然绷直，如同金属的细丝。

他该来了。金泽圃在 1990 年，脑海里总是出现这样一个念头。他为此而兴奋不已，就像他摊在书案上的那部手稿，结尾已经势在必行。

金泽圃这一生中，和他仅见过两次面。

第一次是在四十五年前，金泽圃去祝贺他满百日。那天钟鼎没有去，他正在日本宪兵司令部受着严酷的刑法，一身是血。当金泽圃把一柄小巧玲珑的金锁系在熟睡的他的胸前，他突然睁开小眼，亮亮地望着金泽圃，眯眯地笑。那时，金泽圃有了一种预感，他将顺着这目光在未来的岁月里进入这个人的生活。彭万泉说，这孩子与金爷有缘！金泽圃说，也许吧。

金泽圃再次见到他，已是 1966 年苦寒的冬天，满院子飘着雪，所有的花木都不死不活。金泽圃穿着棉袄，在空空的厅堂里烤着白炭火，火色暗红如凝血。四壁的字画早已收拾干净，墙壁的渍痕阴森可怖，厅堂的门楣上却高悬写着“革命烈士”四个金字的红匾，以及用镜框装着的由周总理颁发的国务院文史馆荣誉馆员证书。院门被砸开了，一群系着红袖章的红卫兵冲到厅堂里。金泽圃端坐在太师椅上，威严地抬起头，冷冷地看着领头的他。

破四旧吗？

他说，嗯。是的。

有到革命烈士家破四旧的么？金泽圃用火钳指了指厅堂的门楣。

二十来岁的他还很稚嫩，忙退出厅堂，抬头去看那匾那证书。一挥手，走错了门，他儿子是烈士，周总理还给他下了聘书，快撤！

金泽圃说，有一天你还会来找我！

二十四年过去了。

4

吴月从金泽圃的手稿中，认识了彭万泉和他的侄儿彭子谷，她对他们的印象很不好，最少那两人的鄙俗和鬼鬼祟祟令她产生心理上的不快。她不明白当时的金泽圃和钟鼎居然与他们有很密切的交往。

彭万泉是古城最有声誉的古玩店古雅斋的老板，彭子谷是伙计中的首领，行话称之为头柜。

彭万泉矮矮胖胖，阔嘴，塌鼻，三角眼，整天嗅着个内画鼻烟壶，穿着粗布大褂，一副穷酸相，其实家资极富。他对青铜器有很深的研究，尤以造假作伪为能事。柜上每收到一件青铜器，他必伪造一件，花纹、铭文、锈色无不酷似，他的这些仿造品大多卖给了日本人。

知道内情的只有金泽圃、钟鼎和彭子谷，但到底在何处作伪，一共有多少件，则至今是一个谜。他说：我不哄同胞，赚洋人的钱心安理得。那些原件一经他的手便消逝无迹。金泽圃猜测他是藏到一个什么地方去了，他的强烈的占有欲，使许多属于历史的真实内容，遗落在某个秘密的地方。

在每年的春天和秋天，叔叔都要出远差，一去就是个把月，到哪里去，我不知道，他从来不告诉我。在彭万泉被国民党第五师师长何衡以汉奸罪枪毙后，彭子谷对所有询问他的人这样说，人们发现在彭氏家族嫡传的那双三角眼里，闪烁着压抑不住的喜悦。

博物馆真正成立，是1935年的暮春时节。对于古城的子民来说，博物馆与他们毫不相干，他们需要的是柴米油盐，以维持生命的延续。在一个细雨斜飞的下午，钟鼎坐着自家的黄包车到古雅斋去看古玩。那时的钟鼎相当帅气，西装笔挺，皮鞋锃亮，手里拿着一根文明棍。在朦朦胧胧的雨气中，他想起了他的女友，他相信他不会爱任何女人了。

当他站在古雅斋的柜台前时，金泽圃正和彭万泉坐在柜内的茶几旁聊着天，彭子谷恭敬地侍立在旁边。这时候钟鼎与他们还素昧平生。金泽圃手里玩着一柄白玉如意，样子消闲而不凡，彭万泉倾着身子，笑得有些笨拙。他们身后是高高的博物架，上面摆满了青铜器、唐三彩、瓷器等古玩，钟鼎立即想起书上的一句话：他们与历史同在。

彭万泉迎着钟鼎站起来，先生要看古玩么？

钟鼎指着架上的一只俗称四不像的卧式麋鹿，说，我想看看这件青铜器。

钟鼎把文明棍搁在柜台上，接过四不像，用手掂了掂，再敲了敲，嗡嗡的铜声很浑浊。然后放下四不像，将双手搓热，猛地捂住它，缓缓松开手，伸到鼻子前去嗅，有很重的铜腥味，又俯下头用舌头舔了舔，咸的！

有真东西吗？钟鼎问。

金泽圃蓦地站起来。好，有眼力！

此后的场景充满了喜剧气氛，互道姓名，略叙经历，仿佛是老友重逢。三个人相拥着走人内厅，摆盏烹茶，开始了他们的订交。

在许多年后，那一片茶香一直氤氲在金泽圃的脑海里。他想起他们交谈时位置的变化，他们各据八仙桌的一方，渐渐地彭万泉把凳子移近了钟鼎，身子和头互相倾近，谈三代铜器的造型、纹理、铭文和锈色，谈水古、土古、传世古。金泽圃只是在他们提问时略说几句，多作旁观的姿态。这似乎成了一种象征，在未来所发生的一切中，钟鼎和彭万泉一直处在故事的中心，而金泽圃总是一个冷静的旁观者和叙述人。

分手的时候，金泽圃将白玉如意送给钟鼎以为纪念，这是内宫之物，是皇上当年赠给祖父的。

钟鼎说，太贵重了，晚辈不敢收。

贵重么？不就是一根玉么？你只管拿去玩。

到 1949 年“解放”时，金泽圃将家藏的大部分古玩都献给了国家，连收条都没要一张，为此而赢得了政府的赞许。

有一次吴月对刘晓说，你有点像彭万泉。我那样丑么？刘晓并没有不高兴。你当然比彭万泉漂亮，我是说你不是也在为博物馆复制藏品出卖么，有的还标价很高，彭万泉当年就是一个造伪能手。刘晓说，吴月，你是在苛求我，这是什么年代了？倘若我真是彭万泉，能作伪出那样好的东西，此生不虚！何况，古往今来作伪历史的又有多少，那才是大奸大盗！我算什么？

在 20 世纪 30 年代前后的古城，古玩店和不少人的手头上，流转着一件又一件的古青铜器，鼎、鬲、彝、尊、践、鲜、爵、豆、钫、卣……凡过手的东西，金泽圃都画上图形，拓上花纹和铭文，作出深入的考证。他为这一段闪着绿锈的青铜岁月回味不已。但传闻中的钟鼎家极精美的藏品他始终没有见到，他无意中问过一次钟鼎，钟鼎轻轻松松地否定了，从此他再不打探。但一种久远的等待，便开始与他的生命结伴而行。

5

日记里的王珥是在 1940 年初春的微雨中第一次走进钟鼎的博物馆。关圣殿有如一堆静物，沉积在漫无生气的时空里，那时的王珥已经高中毕业，秀丽得如一段江南的风景。婶娘说，养两年，等着出阁。她突然有了一种逃离家庭的欲望。尽管叔叔劝她继续念大学，但她再不愿受惠于这个家庭。

金泽圃听她叔叔说起这事时，说，这孩子聪明，去博物馆吧，钟鼎是个很不错的人，我来写封荐书。金泽圃没有想到他把王珥交给钟鼎，其实是把一段苦难交给了王珥，为此他内疚了一生。

王珥在离关圣殿还有一小段路时走下了自家的黄包车。她看见街边有一个小姑娘在卖一枝枝粉红的桃花，春天的气息扑面而来。她买了一枝，她嗅着桃花，想起了红颜薄命这个古老的成语，差一点落下泪来。

吴月看见王珥款款地走入大门，穿过古树相夹的石板大道，再登上石级，飘入雕花门窗的殿堂。殿堂里摆着一些柜子和桌子，桌子上摆着一些带着泥土气的瓷器和铜器。一枝颤颤的桃花使幽暗的日子灿亮起来。

钟鼎正在摆弄一只绿锈斑斑的青铜爵，用手掂掂分量，旋转看爵的整体风貌，突然顿住仔细打量某一个细部，再倒过来从底座看成色。他不厌其烦地重复这几个动作，几乎使站在他面前的王珥忍不住要笑起来。但她没有笑，她发现钟鼎瘦高的个子和棱角分明的脸庞，有一种说不出的文弱和坚忍，使她的心怦然一动。在以后她才发现她对他的第一个印象，已经深深地诱惑了她。她将永远和他同在。

王珥说：喂，你完了没有？

1940 年的钟鼎，沉溺在一种青铜的气息中，所有的思绪都晕染着一片汪绿的底色。他惊愕地抬起头来的时候，首先看见的是那枝桃花，兀地一句，人面桃花相映红。

底下的一句该是人面不知何处去了，王珥忽有不祥的想法袭上心头。

小姐，你找谁？

找你。你这里不是缺个人吗？是金先生让我来的。她从口袋里掏出了金泽圃的荐书。

钟鼎说：你是大户人家的女儿，你会厌烦这工作的。

不。我想自食其力。

王珥突发奇想，将那枝桃花插到那只铜爵里，然后调皮地笑了。

钟鼎望着流光溢彩相映成趣的爵和桃花，一种久远的新鲜感使他的目光变得柔和。他叹了口气说：你留下吧。

假若不是那场骤临的灾难，王珥是可以成为钟鼎的妻子的，那是多么相称的一对。吴月想。

这叫九龙台，因为大殿两侧各有一根九龙柱，这样的九龙柱，只有山东曲阜的孔庙有一对。钟鼎在一个闲暇里，领着王珥站在九龙飞腾的镂空石柱旁，说。

王珥说我爬上去玩一玩，我想去摸摸那些龙头。

钟鼎一把拉住她，跌下来怎么办？

我要嘛。

钟鼎觉得她的声音很娇娜很柔软，如黄昏的岚气中飘袅的一缕箫声。

不准。听话。钟鼎肃然起来。

王珥的心里突然之间暖流奔涌。

春天的日子每每给彭万泉带来疯狂的喜悦，他告诉彭子谷我去外地收些货，然后雇一辆马车奔驰在乡间泥泞的土路上。芳草如染，野花迷离，他如一个乡下佬倦倦地打着盹。在离他秘密的作伪工场还有一段路时便下了车，挎着一个蓝布包袱走在云山之间。

他雇的几个技工，在一个山谷中的小院落里刻模、浇铸、雕制花纹和铭文。他们不知道他姓什么叫什么从哪里来到哪里去，他们只认识白花花的工钱。他和他们一道在复制历史和伪造历史。黄澄澄的铜器用盐水反复熬煮后，再埋到尿缸旁的沃土中，在规定的时间里往沃土上浇尿水。彭万泉在这里往往要待上一个月的时间。每夜在草铺上他浮想联翩，梦里常听见银钱叮当作响，并因此而笑醒过来。

远处有狼的嗥叫，凄厉如鬼。

秋天的日子彭万泉会再次回到这里，掘开沃土，取出已长出绿锈的青铜器，然后运回城里。

历史居然可以速成。

春雨在瓦脊上击出青紫色的声音，在叔叔外出的日子里，彭子谷每夜都难以成眠。他希望有一天成为真正的掌柜，而不再仰人鼻息。他希望像他叔叔一样有一个家，有美丽的娇妻，有珍馐美馔。在熬得无法入睡的时候，他会打开库房的门，鬼影一样潜进去，抱着那些古玩悄悄地哭泣。

第一个月发薪水，王珥拿到了八块光洋。她问钟鼎怎么会有这样多？

钟鼎说，杂役四块，你八块，一起在馆里用餐，要不还多些。王珥为自己能自立而高兴极了。她给婶娘打了一对金耳环，给叔叔买了两瓶上等的好酒。

婶娘笑得嘴巴都合不拢，忙喊，给小姐打盆洗脸水来！

王珥从心底里感激钟鼎，他使她真正地有了一种扬眉吐气的姿态。

6

金泽圃越来越喜欢吴月了。

在1990年秋天的凉风中，一老一少常信步在庭院里，聊着一些陈年旧事，亲若祖孙。吴月偶尔会从路边采下一朵金色的菊花，插在老人的帽檐上。这种纯金的色彩使金泽圃回到童年的记忆中，觉得自己还健如牛犊。他想起古人的诗句，缓缓吟道：尘世相逢开口笑，黄花须插满头归。

吴月说：我再给您多插些。

一朵已经够了，何必满头呢？

吴月忽然问：金先生，我记得这庭院里有一座亭子，是吗？

金泽圃说：你怎么知道？

这时候，吴月的记忆如月光一样透明，好多好多逝去的印象一一重现。那些印象分明属于几十年前，那时这个世界上还没有她。她的眼神痴迷起来，用手往远处一指。那个亭子就在那几棵桂花树之间。

是的。

那一年的秋天你请了好多客人来，还有个日本商人叫横田的，酒席就设在亭子里，你在上菜前，叫人放了几陶坛的蝴蝶，黄黄白白绿绿。横田直喊，太好看了，太好看了。

金泽圃觉得背脊上冷汗森森，那天在座的除了他都不在人世了，可他从没有对吴月说过，她怎么会形同亲历？

那天的菜真好吃。吴月继续着她的回忆。记得有烧乳猪、鸡松、童子甲鱼、生炮鸡、煨麻雀、爆炒鸽……我最喜欢吃的却是那盆叫玉胎羹的汤，是玉兰片炖的汤里掺进了晚香玉的花片。又清又香。这个菜是金府独有的，那时这院子里栽着许多晚香玉，白色的喇叭从六月一直吹闹到十一月，很好看的。钟鼎看我吃得高兴，在厨师来问口味时，赏了十块光洋给他。钟鼎说，王珥，你以后来学学做这个菜。我的脸都羞红了。您哈哈一笑：没有太太下厨的，你叫个厨师来学吧。

金泽圃喃喃说道：那天坐在钟鼎旁边的是王珥。

不。是我。吴月执拗地说。

好。是你。

后来大家到你的书房里去，到处都放着古玩和书籍。横田啧啧地惊叹不已，犹豫了半天才说，金爷，这个钧窑笔洗子您匀给我玩一玩。没有人敢说您卖给我这句话，您的排场让人敬肃三分，您说拿去吧。横田喜滋滋地拿走了，过几天再封上一张银票作为谢仪，亲自送到府上来。

吴月的回忆终于打住了，她痴迷的目光从遥远的地方收拢。她记得日记上王珥只记下简短的一行字：与钟鼎去金府赴宴。

金泽圃想，吴月是王珥转世吧？

吴月开始深深地怀念早已不在人世的钟鼎。他觉得钟鼎无处不在，一种久远的爱恋在心中蓬勃地生长。她要找到钟鼎，钟鼎不可能远离她而去。她记得他们相约过，她要死在钟鼎的前面，她不可想象她怎么能一个人孤孤单单地活下去。

她的思绪常飘然回到关圣殿，博物馆恒久不变的设在那里。在那里可以找到钟鼎。

有一天，吴月去商店买了一件暗绿色的丝绸旗袍，她知道钟鼎最喜欢这种颜色。她把它拿给金泽圃看时，金泽圃惊得半晌无言。

岁月在他脑海里奇异地重复。

7

1944 年深秋的古城，到处是一派萧条的景象，日本占领军的膏药旗和刺刀凛凛的寒光织满了大街小巷，东洋大马铁硬的蹄声踏痛了所有惊慌失措的神经。不时传来的犀利的枪声，使暗无天日的岁月百孔千疮。在后来本地历史学家撰写的著作中曾这样评述，耻辱和动荡成为日常生活的主题，但良心和正义依旧茁壮成长。

那个秋天的下午下着稀疏的雨点，很肥硕很圆润的雨点在青石板路面上破碎成细细的水沫。天低云暗，风里布满铁锈的气味，使人想起脚镣手铐、老虎凳、烙铁之类的东西。站在日军宪兵队司令部门口的王珥和金泽圃，同时感受到阴风惨惨冷气森森。

不远处停着两辆黄包车。

王珥在 1944 年的秋天还相当年轻，高高挑挑的个子，罩一件暗绿的旗袍，白白的脸子上布满了与生俱来的悲切。

金泽圃吸着红炮台香烟，说，王珥，这暗绿使人沉闷，今天是什么日子？

王珥说，钟鼎喜欢这种颜色，这是他给我买的。钟鼎一关就是一个月，他什么也不肯说。金先生，谢谢您作保，还有横田先生的奔走。她再也说不下去了，忙掏出手帕拭泪。还有一句话卡在嗓子里，日本人要的那批青铜器精品可能陷在彭万泉的手里。

在日军南下的枪炮声越来越近的日子里，彭万泉经常出现在关圣殿，叽叽咕咕地和钟鼎商谈着什么。王珥看见钟鼎的脸色一会儿疑惑一会儿阴悒一会儿又出现难得的一笑。她想，钟鼎这个书呆子会要落进彭万泉的圈套里，他的忠厚使他很容易轻信别人的花言巧语。

那段日子王珥觉得她离不开钟鼎了，就搬到关圣殿来住，在黄昏的时候，她喜欢坐在九龙台的九龙柱旁边，吹着尺八洞箫。箫声如泣如诉，使黄昏的风景陡增几许凄迷。钟鼎必定站在不远处，仰首望着苍穹，任箫声把他轻柔地裹紧。

在一个风雨交加的深夜，几个黑影闪进了关圣殿，钟鼎指挥着把一箱东西抬了出去。

在钟鼎被日本人抓走后，那个杂役依稀记得有这么一个模糊的印象，极含混不清地告诉了王珥。

那个夜晚王珥回家去了，在灯影里和叔叔说着家常话，吞吞吐吐地说到她很喜欢钟鼎。叔叔说，这是件好事。

钟鼎终于从深深的内院蹒跚而出，三十四岁的中年汉子衰老得如同一把荒草，身上的衣服烂如渔网，头上结着厚厚的血痂，双眼呆滞，并且向上冷漠地翻着，脚一跛一跛，成为一种风的形状，飘然无倚。他的两只黝黑肮脏的手，不停地比划着，掂、旋、顿、倒，一遍又一遍地重复着这几个动作。

王珥第一眼看到钟鼎，脑袋里“嗡”地一响，立刻意识到钟鼎已经痴傻了，残酷的刑法使他丧失了记忆，而这几个动作不过是记忆所残存的几个片断。他还在摆弄他幻觉中的青铜器。

她很难相信几个月前英姿卓然的钟鼎，会突然之间变得面目全非，时光在他身上加快了运转的速度，老和朽的来临让人猝不及防。在日本人没有得到这批青铜器的极度失望后，他们残酷地毁坏了他的记忆力，使这批珍宝永远消失在一个不可知的地方，成为一个谜。王珥从钟鼎头部的血痂，猜测出这个事件的大致轮廓，面对高墙深院的宪兵司令部她立刻有了恶心和呕吐的感觉。

王珥走上前去，扶住了钟鼎。钟鼎漠然看着她，问，你是谁？

我是王珥！我是王珥！王珥大声说。

我不认识你。

钟鼎，我们回关圣殿去，好吗？

钟鼎傻傻地笑了。

在以后的岁月里，王珥活着的全部意义在于恢复钟鼎的记忆力，使他成为一个正常的人，因为她爱他。但关键在于找到消失在他记忆里的那批青铜器，让真实的物件与虚拟的动作天衣无缝的重合，也许这是唯一的挽救方法。正如过去为了挽救沉溺于青铜器和历史中的钟鼎，她曾竭尽全力地稀释和消泯他的这几个动作一样。她坚信爱情可以重塑一个人。

钟鼎忽然发现了王珥暗绿色的旗袍，他咕哝了一句，青铜器！接着跌跌撞撞地扑上前，扯起一角旗袍拼命地吻起来。王珥纹丝不动，温柔地抚着钟鼎的头，有如慈爱的母亲。

金泽圃难过地背转身去。

这一幕不停地映现在吴月的眼前，她为此而肝肠寸断。她觉得爱情地老天荒，悲壮而又寂寞。

在关圣殿的那间素洁的厢房里，从此钟鼎用这几个动作来充填他所有的时光。人可以抽象成几个简单的动作，令王珥触目惊心。她幻想着在某一天出现一个奇迹。

8

在 1940 年前后那一段悠长而枯滞的时光里，钟鼎潜入到厚重庄肃的青铜器世界中，作一种精神上的逍遥游。那一片赏心悦目的绿锈，如初涨的汛潮愈来愈猛，渐渐地将那一泓留在记忆里猩红的血痕淹没。牺牲的女友只剩下一个淡淡的影子，若有若无。

但自从王珥进入博物馆，整座大殿开始轻飏着一种青春少女的气息，连那个杂役都有了非常轻快的脚步声。她被安排坐在殿堂里贴、写标签，造博物册，整理文物档案。空洞的殿堂里相隔很远地坐着钟鼎和王珥，他们极少交谈。日光在桌子上晃来晃去，寂寞有时来得非常具体。

后来，钟鼎的思绪常被细小的清亮的声音打断，他把他的目光从古玩上挪出来，轻轻地抛过去，他看见王珥一边抄写一边嗑着瓜子或者嚼着兰花豆，那模样很天真。于是有了某种内疚，女孩子是爱吃零食的，我怎么没想到呢？后来钟鼎的抽屉里常备着从玉华斋南杂店购来的精美点心，灯芯糕、银酥卷、千层片、玉梨糖。王珥接过去时，笑得像一个孩子。她有时会拿起一根灯芯糕，点燃如一根长长的火柴，一直举到钟鼎的面前。我是安徒生笔下那个卖火柴的小女孩。钟鼎笑了。

在后来钟鼎的坟墓前，她曾将一根一根的灯芯糕密密地栽在四周，然后一一点燃。在荧荧的火光中，她再一次看见钟鼎欣慰的笑意。

钟鼎惦记着他那间密室。

密室在殿堂后的一座钟鼓楼上，几道门锁，只有钟鼎一个人可以进去，钥匙时刻系在腰间。他每天总有一次悄然离开殿堂走向密室，王珥觉得恍然若失，时间的节奏变得长不可耐。她便在长久的等待之后，静立在钟鼓楼的不远处，吹起她的长箫。箫声袅袅娜娜，叙说着一个女孩子的惆怅，很美丽的惆怅，这时的关圣殿静无人声，宛若是一个空旷的山野，箫声织满了那个时空。

终于钟鼎走出了密室，他的脸颊闪着兴奋的红晕，两只手还重复着赏玩青铜器时的几个动作，掂、旋、顿、倒，箫声暂时还没有进入他的思绪。王珥觉得很伤心，她下决心要稀释和消解这几个动作所深含的意味，这种努力在日后证实确实发生了效力。人还有许多别的动作别的生活内容。

吴月在闲暇时常坐在廊檐下，回忆她曾做过的一切，王珥的日记本搁在她的膝上，她认识她的笔迹，恍若隔世。

她听到关圣殿后门外雨湖的桨声了，湿润于明月和清风中，堤畔草丛中偶尔飞起一只白鹭，那洁白的翅上分明镀着一层月光。蛙鼓把午夜敲打得薄薄的。

那个夜晚，她孩子气十足，强拉着钟鼎到了雨湖，雇了一只游湖的小船。她不让船家跟随。船家说小心别掉到湖里去了。钟鼎无奈地笑笑，然后给了船家一块光洋。

你划嘛，划嘛。她对钟鼎喊着。

钟鼎开始笨拙地划起桨来，船先是原地打着旋，过了一阵，才缓缓朝湖心划去。

桨声欸乃。月光、波光揉进了夜色，夜色明洁如镜。

她看着钟鼎划桨的动作，想象他的手感定然是凉润和圆硕的，桨柄使他疏离那几个呆板的赏玩青铜器的动作。她为此而洋洋得意。

船划到了湖心。

钟鼎停下了桨，说：歇歇气，我们静静地看静静地听。

在那时，钟鼎想起了古人玉鉴琼田三万顷，着我扁舟一叶的句子，真有了叩舷一笑不知今夕何夕的感慨。

她痴痴地望着钟鼎，一种很深的爱意和身世如萍的怅惘袭上心来，她觉得这静让她喘不过气来，她说我唱段洛神的京戏给你听。

钟鼎说，你会唱京戏？这洛神可是梅老板梅兰芳的得意之作，在北平时我去听过。

小时候跟叔叔学的，他是个很不错的票友。

满天云雾湿轻裳，如在银河碧汉旁。缥缈春情何处傍，一江汀月不胜凉。思想起当年事心中惆怅，再相逢是梦里好不凄凉！

二黄导板转散板，称得上字正腔圆。钟鼎分明看见一粒一粒的玉珠溅落在湖面，月光轻轻地颤动着。

金泽圃不知什么时候站在了吴月的身边，惊喜地说，想不到你唱得这样好。现在的年轻人会唱京戏的太少了。

是吗？我会唱京戏？

吴月伤感起来，她想起那句再相逢是梦里好不凄凉，这竟然成了一种预兆。

她要钟鼎去陪她逛店铺选衣料。在一家老绸缎店的柜台前，伙计拿出一疋又一疋各色绸缎，任她挑选。钟鼎，你看这种颜色怎么样，你摸摸嘛，看质地好不好？钟鼎用手指揉搓着绸缎，麻酥酥的，挺有意思。他说，王珥，就选这块暗绿的，做件旗袍挺好。王珥说，你说行就行。钟鼎又说，我选的，由我付钱，好吗？王珥迟疑了一阵，同意了。

以后，王珥经常穿着这件旗袍。

在王珥的一次一次的不可拒绝地牵引下，钟鼎手上的动作开始繁多起来，而那几个动作开始变得模糊不清，有时他也不无失落之感。

她让他在春天的郊野采摘洁白的桎木花，执意让他一朵一朵地摆到她微红的手掌上，像一群鸽子栖息在巢中。

她让他去触摸关圣殿石栏杆上的浮雕，有一幅犀牛望月的浮雕曾令她着迷，她的手抚在很有力度的牛体上，感受到一种肌肉的震动。钟鼎的手也按上去，却按在王珥的手背上，他久久没有放开。她仿佛听见他们血液的交混，并发出很激动的声响。

在钟鼎从日军宪兵司令部走出来后，所有的一切他都遗忘，独剩下掂、旋、顿、倒这几个动作。这几个动作可说是一种历史的表征符号，可以冲淡，但不可完全丢弃。王珥却相信，假如给她更多的时间，让她完完全全进入钟鼎的生活，结果会是另外一个样子。其实离成功不过咫尺之地了。她想。

9

好长的一段日子彭万泉没有到金泽圃家中来，也没有听到彭万泉捎口信请他到古雅斋去坐坐，这在他们的交往史上是绝无仅有的，金泽圃觉得这是一件怪事。

直到有一天，日本商人横田拿着一件稀罕的青铜器来找金泽圃，他才似乎悟出了一点什么。

这稀罕物叫权衡。权为秤锤，衡为秤杆，每件上都有始建国三个字。

金泽圃立刻精神振作，戴上花镜，仔仔细细地品赏起来，他断定这是王莽建立新王朝时的年号，时为公元八年王莽称帝之始，是内廷工匠统一铸造的珍品，他只听说过，见到实物还是第一次。

哪来的？

从古雅斋拿来的，我说我回去看看，再决定买不买，于是我到金爷这里来，请您拿主意。

一听是古雅斋的东西，金泽圃倒吸了一口冷气，他有这样好的东西吗？

城中的人家有这样好的东西吗？在那一刻，金泽圃突然想起了钟鼎，只有他家的藏品没见过，是不是钟鼎家的？如果是的，怎么会到彭万泉的手上？金泽圃在心中想了一大圈，立即断定这绝非真品，彭万泉极少出卖青铜器的真品。

金泽圃对权衡重新审定，掂了掂分量，手头似乎太重，再看锈色分明是浮在器体之上，绿而不莹，又搓热手去捂去嗅，再用舌头舔了舔，差点要喊出来这是伪品。但他理智地克制住了，装作随意问问，他要多少？

一万块。

值是值哇！可这东西我从来没见识过，拿不准，你自己拿主意吧。

横田很奇怪地看着金泽圃，然后道了声谢，走了。

横田把权衡退给了彭万泉。

王珥那天代表叔叔来送一个请金泽圃去听票友唱戏的请柬时，金泽圃若无其事地问，钟鼎还常在密室里忙吗？

王珥说，几乎不去了。

她为此而自矜，钟鼎现在整天都待在宽大的殿堂里与她作伴，那些时光都属于她了。

金泽圃又想起了权衡，如果能够一睹原物，此生可谓不虚过了。但能有机缘吗？

为这个机缘他将耗尽一生用来作无谓的等待。

王珥说，今晚有我的唱段，钟鼎也会去听戏，您千万要来。

金泽圃看见王珥的脸颊有羞红泛起。

10

吴月在1990年初冬的一场小雪后，向金泽圃打了声招呼，她说她要去关圣殿，其时，金泽圃正坐在书房一盆微弱的白炭火前，闭目养神，静若入定，去关圣殿看钟鼎吗？他问。

嗯，他还在那里。

是的，他应该还在那里。

就这样吴月踏着薄薄的雪花，走进了屹立在平政路上的关圣殿。

关圣殿冷冷清清，没有游人也没有顾客，尽管它如今修葺一新，有了小卖部和一个一个的展室。

她是在接到刘晓的信后决定去找他的，他说我们该好好谈一谈，事情总得有个结局。事实上那天他们什么也没有谈成，恍恍惚惚的吴月完全忘记了跟在身边的刘晓，刘晓提出的所有问题她都答非所指。刘晓发现她已经处在和她完全不同的时空里，悲哀如潮水卷过她的心头。

她开始寻找那间密室，水泥浇注的钟鼓楼极陌生地立在原处，门敞开着，有阶梯直通顶层，那上面搁着虚设的道具钟、鼓。一览无余，毫无秘密可言。她记起手上应该有一支长箫，玛瑙色的。她说，我怎么忘记带箫了。后来，她终于在一家乐器铺寻到了这样一支箫，在黄昏湿润的空气里常常吹得一往情深。这不是钟鼎的密室，她摇摇头肯定地说。

她又寻到那宽大的殿堂，很新色的神座上坐着红脸关云长关圣人，他的两侧分别站着关平和周仓。你可以在这里叩拜求签。刘晓说。她说，我的办公桌呢？钟鼎说还要带我到石嘴垴去玩，那里有个望衡亭，可以看见南岳衡山浮在云端上的秀色。

她慌忙退出来，走到殿侧的九龙柱旁。镂空的石柱上九龙腾跃，似有呼呼的涛声震耳，她说我爬上去玩一玩，我要去摸摸那些龙头。刘晓说，你想爬就爬嘛。吴月突然觉得索然无味，假如我跌下来了呢？刘晓一摊手，那你就别爬吧。

当吴月站在犀牛望月那块浮雕前时，她有了去抚摸牛体的欲望。她分明感觉到那肌肉的力度和热气，并且有一只男人的手按在她的手背上，她知道那只手只可能是钟鼎的，刘晓远远地看着她，好像打量一个怪物。

他一转身走了。

她知道他还会要来的。

月色晦暗的夜晚，厢房的花窗穿过细细的风。王珥陪着钟鼎坐在他的床前。钟鼎不厌其烦地重复着那几个动作。寂寞使王珥不停地自问自答。

钟鼎，你还记得我们在雨湖划船吗？

记得，那晚的月色真好，捧起一捧湖水，月光就从指缝间汩汩地流下。

钟鼎，你还记得乡间的桎木花吗？

记得，好白好香。

钟鼎，你还记得杨梅洲的芦苇吗？还记得临水的那家小旅店吗？还记得那个我们在一起的夜晚吗？

记得。记得。我当时对你说，我将来要娶你。你伏在我胸脯上哭了。

在一问一答的自我安慰中，四年过去了。

钟鼎的动作越来越缓慢，越来越无力。有一天，他做着做着就说了一句，我该走了。

那是1948年的深秋。

除了这句我该走了，钟鼎在四年中还说过另外一句话，我要找彭万泉去。那是彭万泉被何衡以汉奸罪处决后的第二天，王珥给钟鼎喂饭时，钟鼎突然说了这样一句话。

王珥在一个午后，来到古雅斋。现在古雅斋的老板是彭子谷了，他悠闲地坐在柜台边呷着一小盅酒。

王珥说，彭子谷，我们来谈一谈价钱。你知道钟鼎疯傻了，只有那批青铜器能够恢复他的记忆力。钟鼎说这批东西曾交给你叔叔保管。只要你交出来，要多少钱都行，钟鼎家城里有铺面乡下有良田，我叔叔也会资助我。怎么样？你说吧。

三角眼狡猾地眨了几眨，王小姐，我叔叔的事我一概不知道，那个人哪，对谁都不放心。

王珥说，彭万泉的孩子还小得很，可以料理事情的彭家就只有你了，我求求你。

王小姐，我真的不知道。

王珥狠狠地说，你没有好下场的。

那个夜晚死一般寂静，彭子谷从地窖里拿出一个小铁匣，打开来，取出一张绢子，上面画着一张示意图，是一片古老的坟山。他这时候并不知道那将是他的葬身之地。

彭万泉在何衡到古雅斋来过几趟后，有一天夜晚他对彭子谷说，何衡不会放过我，他知道我卖给日本人的全是伪品，他想得到那批原物，交也是死，不交也是死，你们还得活下去。这个铁匣内有张图，标着藏东西的地方。有机会把它取出来，一件一件卖掉，你婶娘和你堂弟就托付给你了，彭万泉的眼里涌出了泪水。彭子谷接过小铁匣，心里说，终于等到了这一天！他妈的。

彭万泉被处决的那天，金泽圃没有去送行。他觉得他一辈子所交的朋友中，最不是玩意儿的就是彭万泉。

横田领着金泽圃去日本宪兵司令部为钟鼎作保时，和横田很熟识的一个军曹，翻开一本档案夹，取出彭万泉的告密信给金泽圃过目。金泽圃说，据我所知，博物馆的密室里并没有这样一批东西，是诬告，我可以用身家性命作保。

彭万泉知道钟鼎死也不会说出这批东西的下落的，其结果只可能是死去或成为一个废人。

金泽圃似乎听见枪声穿过彭万泉的脑袋。

国民党第五师师长何衡有一次来金府叩访时，说，他妈的，这个老抠，宁愿不要命，也不肯交出这批东西，老子想发点小财养老，全让他冲了。他不是汉奸是什么？

金泽圃冷冷地望着他。

后来何衡去了台湾，没几年就病死了。

11

彭子谷挎着叔叔遗留给他的很旧的蓝布包袱，走在 1948

年秋天的山间小路上。其时彭万泉已去世三年有余。

秋天的山野漫着清爽香纯的气息，野柿子和野菊花金黄在层层翠黛之间，蓦然一树红叶极似一丛升腾的火焰，彭子谷想，老子终于要出头了。他按着地图上所指的方位急速地走着，山岚里只见一个飘动的影子。

他万万没有想到，他的身后有警惕的目光追随，那目光一直把他送到一座荒颓的古坟前。歪歪的石碑，好像不胜悲伤。

彭子谷又掏出图来看看，然后使劲扭动歪歪的石碑，咔咔啦啦几响，古坟露出一个豁口，如一张巨兽的嘴，把彭子谷吸了进去。

有蒙面的汉子轻捷地窜来，看了看四周，再扭动歪歪的石碑，古坟的豁口迅速合闭。又搬来几块大石头堆在石碑边，才如山狗一样转瞬即逝。

一段历史就这样完结了。

王珥是三天后来到这里的。

蒙面汉子给她搬开石头扭动石碑，很规矩地引王珥从古坟的豁口而入。

腐骨和湿土的浓烈味道刺激着王珥，她觉得死亡竟是如此亲近。

蒙面汉子点着手中的一支火把，微弱的光使他们的影子十分可怖。

彭子谷死了。

他去打开一只大木箱时，暗设的机关射出了利箭，利箭摇曳在他的喉口，他的一只手还执拗地搭在箱盖上。

蒙面汉子把尸体拖到一边，小心地打开了箱盖，里面空洞无物。

彭子谷死在他叔叔的计算中。

走出古坟时，王珥交给蒙面汉子一张银票。绝望从眼中漫出，如连天的碧草。

她说，钟鼎会死的。

那个夜晚，钟鼎果然死了。

电灯突然熄灭。

黑暗如磐石一样厚重。

王珥一直静坐到天亮。

办丧事时，钟鼎家的老管家送来一大笔钱，分两个纸袋装着交给王珥。一个纸袋上写着钟鼎丧仪之用；一个纸袋上写着王珥留用。分明是钟鼎的字，难道在几年前他就预感到有这一天？王珥想起在钟鼎疯傻后，每个月老管家总是准时送来博物馆和钟鼎的所需银钱，这一切好像都做过什么周密的安排。

王珥像死去丈夫一样披麻戴孝。她觉得她活在世上已经没有任何意义了。

金泽圃的挽联挂在最显眼的地方。

相交因金石，韶华顿逝，皆原有钟鼎之癖；

论谊兼师友，白发孑存，何故为史疑而存。

王珥是在把日记交给金泽圃的第二天深夜，在杨梅洲临水的一家小旅店，跳水自杀的。

那一夜的月光，至今还有一抹漂在湘江。

12

秋夜的月光，拥拥挤挤地漂满了一江，轻盈得若有若无。杨梅洲如一团淡墨抹在江心，凝然不动，一天一地的静。

吴月在华灯初上之后，不由自主地悄离庭院，急速地朝城西而去。这块地方她至今还没有来过。但她清楚地记得，绕过石嘴垴，前面就是唐兴桥，过桥再走过一段江堤，便有一个小小的码头，然后乘小渡船到洲上去。她的影子在月光下飘着，洁白的衣裙具有一种凭吊的悲剧气氛。

一切都似乎和从前一样。

只有船家老了。当年是一个青皮后生。

她说您渡我过去。

白发船家惊诧地望着她，似曾相识。

他说上吧，便解缆摇橹。船儿一晃，半江月光倾斜。

上了洲，忽见月光下无数芦花飞飘，落地无声无息，是一种凄美的洁白。吴月悲自心头出。秋风细细，依旧是当年的音韵。

芦苇丛中的一条小径，直通向洲的一角，那里残留着一堆砖瓦。

她记得那家临水的小旅店就在这里。客房一排悬在小波之上，粗大的支柱立在低婉的涛声之中。

她拾起一块断砖，说，这是我们的家。

1948 年深秋的一个夜晚，王珥正站在这个地方，这个地方那时是一间客房，悬在水上。潮水积泥，使洲宽阔了许多。客房的窗子正对着滔滔江水，月光一片片地破碎又一片片地粘接，无休无止。

王珥说，钟鼎，我就要来了，你等着我。

不到这里来，已经整整四年。四年前的初秋，她和钟鼎在这里圆了一个梦，那时王珥想，她就要和钟鼎在一起了，直到地老天荒。

是王珥把钟鼎拽来的。他们相携着步行而来，在石嘴垴旁边，钟鼎突然吻了她一下。至今她觉得那个印痕还在。

他们上了洲，找到这家临水的小旅店。店家说，稀客，今夜就只你们一对儿。

他们走进了此中的一个小客房，被褥素净，桌上的小花瓶里插着几支芦苇，秋韵清新可人。

门掩上了。他们相拥着坐在窗前，看月色涌江流，看芦苇风中瑟瑟，天地间仿佛只剩下他们两人。

王珥把头偎在钟鼎的怀里，钟鼎嗅着她的发香，淡淡的，纯纯的。他看见月光在她的发间汩汩流动，流下洁净的脖颈，再调皮地隐入领口。他想象她的身体各部都漫着一层薄薄的月光，他有了去触摸肌肤上的月光的欲望。王珥喃喃地说，月光好凉，好像流到了我的身体里去了。钟鼎很久远地听过这句话，是在圆明园的一尊废墟边。那个淡淡的影子渐渐复活，与眼前的王珥融为一体。他轻柔地去捉那些月光，月光顽劣地东藏西躲。他开始气喘声紧，她更深地扎入他的怀中。

她呻吟着，你捉到我了。

永生永世捉住你了。钟鼎说这话的时候，月光正在他赤裸的身体上汩汩流动。

第二天早晨，当他们回到关圣殿。日本宪兵把锃亮的钢铐咔嚓在钟鼎的手上，幸福戛然而止。

四年后的王珥再次住入了那间客房，被褥依旧素洁，小花瓶里依旧插着几支芦苇，芦苇很老了，悲切如泣。

金泽圃正在书房里枯坐，小保姆说，吴月出门去了。他一直在书房枯坐到东方破晓，然后久久地站在阶廊上等待吴月归来。

吴月神情憔悴地走进庭院，衣上的露水很重。她说：我去杨梅洲了。金泽圃点点头，我知道你会去的。

更深夜残，吴月站在小旅店的遗址前。

小旅店从记忆深处凸现出来。

她正站在客房的窗口前。

她看见自己的影子从窗口轻盈地飘飘而下，接着肌肤一阵骤凉，月光和波光迅速地围拢来，簇拥着她。

她看见了钟鼎正朝她走来，笔挺的西装，黑亮的皮鞋，手里拿着一根文明棍。

我终于等到你了。吴月哽咽着迎了上去。

13

刘晓不辞而别，临行前他给吴月寄了一封短信。吴月在风雪深重的庭院一角，读完了这封信。刘晓说，我厌恶博物馆的工作，即使是复制藏品的活计也令我气闷。古城离现代生活太远，因此我决意去南方的一座海滨城市了，我相信我在那里会大有可为。再见。读完信吴月没有任何悲伤和遗憾。她知道，当刘晓还愿意从事那种复制藏品的工作时，他还没有完全疏离历史，一旦他走出那博物馆，他就与历史完全隔离了，他需要的是现实，许多人都是这样。但她决不。

颤颤巍巍的金泽圃，拄着藤黄色的有着寿星头的竹节拐杖，对吴月说，我的书该结尾了，他该来了！

雪花飘落在吴月伸出的手掌上，薄薄的一层。然后，走向她的卧室。这是金泽圃的秘密，她懂事地避开了这个结局。

金泽圃突然听见慌乱的脚步声自巷口传来，是一双皮鞋，响在青石板路面上，分明带着压抑不住的疯喜。他想起了那个久不在世的彭万泉，儿子是父亲的翻版，连脚步声都酷似。

院门被推开了，是一个粗壮的中年汉子，平头，三角眼，塌鼻，阔嘴。金泽圃差一点要喊出彭万泉三个字来。你到底来了，小泉。

彭小泉迅速关好院门，插上木闩。他说，我来了。他肩上挎着一只很大的牛仔包，鼓鼓的，沉沉的，他恭敬地走到金泽圃的身边。

东西带来了？

带来了。彭小泉小声地说。爹当年留给娘一个小铁匣，里面有一张图。娘临死时才给我。东西埋在我祖父的坟墓里。

你刨祖坟了?

彭小泉兴奋地点点头。想让您看看,能值多少钱?娘说只能找您,您和我爹是朋友。您有关系把这些东西销出去。这些年我一直在一个街道小厂混日子,也该发达了。

金泽圃想起彭子谷的那只小铁匣,定然和小泉的这只一模一样,为了让儿子将来独占这些东西,他害死了自己的侄儿。

金泽圃说,到我书房里去,我好好看看。

彭小泉是什么时候走的,吴月不知道。但她去书房看望金泽圃时,突然发现金泽圃衰老得不成样子,痴痴傻傻地念叨着,这批东西全是伪品,怎么回事?难道彭万泉的地图标错了?难道彭小泉想来试探我?难道古城真的没有过这批东西?他感到了一种深切的失望,他支撑不住了,他再没有时间来等待,这个谜只能由别人来解了。他说,吴月,磨墨吧,我来给书结尾。

一泓乌云似的墨,飘出浓烈的香气。金泽圃拎起毛笔,久久地濡着笔尖,然后极工整地写下一行字。传闻中的那一批青铜器精品,直到1990年冬仍没有出现。但笔者坚信古城曾存在过这样一批奇珍,它总有一天会翩然归来,这需要时间来等待!搁下笔,他长叹一口气。

几天后，金泽圃安然死去，如同沉入一个永久的梦中。

在金泽圃过世后，大小报刊都发了悼念文章。吴月和同事们正坐在金泽圃的书房里，或翻阅资料，或编写书稿。市政协的文史室搬迁进了这座占香古色的庭院。吴月在读着那些空洞而华丽的强作悲伤态的文章，她发现历史的不真实和荒谬正如稻子和稗草的同时存在，金泽圃被描绘成另外一个人。

14

自知即将辞世的金泽圃，对吴月说，王珥（他觉得她真是王珥了），我把日记归还你。书稿当然会刊行于世，那个结尾是无可奈何的，我希望你能写出一个完美的尾声。这把扇子送给你作个纪念。

吴月接过沉重的紫檀骨纸扇时，呼的一声打开来，竟是八大山人朱耷的作品，四个黑黑的极浑厚的隶字赫然在目。无始无终！

人生的旅程代代交接，无始无终？历史的运行与时间同步，无始无终？

还是关于一种悲壮而绝望的等待，无——始——无——终?!

在黄昏悄然来临的时候，庭院里的同事都回家去了。没有家的吴月沉毅地厮守这无始无终的寂寞和空旷。她相信，钟鼎会来的，那个谜会解开的，总有一天，她会写出一个真实的绚丽的结尾。但她需要等待。等待几乎是人类的一个象征。

她坐在庭院的某一角，吹起了那支玛瑙色的洞箫。

箫声悠然如岁月，飘飘袅袅，如梦如醒，如真如幻，如始如终。

天福堂

1

当年轻的日本少佐田中，穿过青灰色的平政街流淌着的一片灼热的阳光，走进古城湘潭最大的药铺天福堂时，正是1944年夏天的一个下午。宽大的店堂里光线昏暗，从幽深的后厅袭来一阵紧似一阵的阴凉的风，使田中陡地感到冷气森森，周身张开的汗毛孔迅速地收缩，并发出一种奇怪的声音。他很不情愿地微闭一下眼睛，然后缓缓张开，以便使刚才在烈日下行进所见到的一片灿烂，渐次淡入眼前的情景。他看见店堂的正前方悬挂着一块沉重而古旧的匾额，“天福堂”三个颜体金字虽然斑驳脱落，但依旧雍容华贵、不可一世，那是一位已故翰林的手迹。通往后厅的中门两边，挂着紫檀木雕镌的暗绿色的对联：鹤饮仙水；鹿衔灵芝。店堂两边是高高的黑漆柜台，挨墙峙立着笨重的屉柜，一排排小抽屉或开或闭，里而盛满了各种中草药，浓烈的药香稠酽地氲氤。田中很舒服地翕动着鼻翼，尽情地吮吸着这种熟悉而亲昵的药香，生发出一种宾至如归的情感。他努力地笑了一下，笑得很腼腆很单纯，他感觉到整个店堂灿然一亮。

伙计们把双手撑在柜台上，用一种很从容很冷漠的目光打量他，丝毫也不为一个穿着夏令军装的日本人的到来而惊惶而崇敬。似乎来人与他们没有任何关系。那些深邃的目光分明有如深不可测的陷阱。此后，田中将在这种目光中愈陷愈深，直至断送掉他年轻的生命，而此刻他绝无觉察。

在将近五十年后，古老的天福堂已不复存在，到处是断砖残瓦，如一页破损的线装书。但即将代之而起的是一座中日合资的中药制造厂，使用的仍是那块旧匾额。日方投资者是田中的小弟弟鸠夫。某种历史的巧合令人惊诧。

田中是在古城沦陷后的第三天来到这里的，他受宪兵司令部的派遣，前来监制皇军所需要的某些药品。他为接受这样一个使命而庆幸不已，他对中国的中医、中药有着一种近乎崇拜的心理，浓烈的药香远比战场上的硝烟味来得纯和。

张小宇先生在吗？他问。

一口很流利的中国话。

伙计们发出放肆的笑声，没有一个人走出柜台来迎接他，也没有人回答他的问话。

他觉得有些尴尬。他下意识地打量裹在身上的军装，军装有些肥大，以致单薄的身子好像消失了，空空荡荡。他想他穿军装一定给人一种很滑稽的印象。他其实很不耐烦穿军装。他喜欢穿白大褂，戴白帽子，因为他是一个医生。他的父母亲也是医生，在沈阳开着一爿诊所，他是在中国出生和长大的。虽说在中学毕业后到日本上过几年医校，但回到沈阳后，父亲却让他拜了一个中国的老中医为师。

在走进天福堂闻到浓烈的药香时，他便油然想起那位银髯飘飘的老中医以及和他第一次见面时的情景。那是沈阳城的一位德高望重的名医，他坐在厅堂正中的一把黑色的太师椅上，庄严地接受田中的磕拜。他说，你知道“中医”的意思吗？就是中国独一无二的医道。中国的医道，人品第一，医品次之，无人品则无医品，学医先学做人。一本《黄帝内经》，讲的并非全是医道，是人事，是世态，郁郁乎充满一个“情”字，不像西医那样森冷单调。此后，田中日夜伴随他的老师，识药草，读医书，辨脉象。他为中医所使用的一些奇妙的字眼而倾倒，阴阳、五行、寒、热、温，燥、滞、冷，脉象的沉、浮、厚、薄、细，滑……全是感觉的表述，仪器是测不出来的，全靠自己的生命本体去感悟另一个生命本体，酷似文学和艺术的创造。

可惜从师不足一年，他便被征召入伍，由北而南，吸着呛人的硝烟战尘，走进这座江南的古城，走进了天福堂。许多熟悉的面孔在这个世界消失了，他非常奇怪自己还活着，枪声和炮声在此一刻寂寂于无，战争似乎离他远去。一阵一阵的药香使他陶醉，他渴望尽快见到上司所称道的曾在日本留过学的张小宇先生，以便能在天福堂安居下来。

历史的形成是一个奇特的现象，往往因为某一个人在某一个时空的出现，便引发了一连串事件的发生。田中正是导致1944 年夏天以及后来的日子的天福堂，变得诡秘不测和动荡不安的一个动力。没有他的到来，就没有配药师金力的被暗杀和张小宇的亡命，从而在古城的药业史上出现了两个烈士，当然也没有田中的引咎自杀，没有哑巴龚四——一个天福堂的杂役与天福堂千金小姐紫萤的结合。但在几十年后，田中的弟弟鸠夫突然青睐于天福堂并慷慨的投资，他说，是因为田中当年参与了天福堂那场反对侵略战争的行动以致牺牲了年轻的生命。

哑巴龚四从内厅急急忙忙地走了出来。

1944 年夏天的龚四还是一个不到二十岁的小伙子，长得非常粗壮，厚实的胸脯把洁白的短袖布褂鼓得满满的，留着平头，浓眉，三角眼，眼光冷如冰霜，透出一种洞察世事的精明。在几十年后，当田中、金力、张小宇、紫萤相继离开人世以后，他守着天福堂的所有秘密还活在世上，但已经是一个风烛残年的孤独老人了，住在一条深长的巷子里，门前冷落车马稀。

他走到田中跟前，口里哇啦哇啦地说着，并且不停地变换手势。田中依稀明白是请他到后厅去，张小宇先生在等着他。田中重复这些意思时，龚四不断地点头，然后领着田中朝后面走去。

2

1926 年夏季的某一天，风尘仆仆的张小宇西装革履，从日本留学归来。当他走进天福堂时，一切皆与五年前相同，仿佛他从来没有离开过天福堂一步。但是，那些殷勤围上来嘘寒问暖的伙计们，分明老了许多，他轻叹一声，岁月无情。从二十一岁离家去留学，如今已是二十六岁了。他突然问，我爹呢？

众人啜泣起来。从七嘴八舌中张小宇知道他爹张大宇在一个月前不幸坠入后花园的水井中死了，加急电报发到日本，而他当时正住在上海的一家豪华饭店里，迟迟不愿归来。第一个发现他爹坠井而亡的是他的妻子白苇，她的惊呼声在一园月光中震颤，吸引去许多杂乱的脚步声。在这一刻，张小宇眼角含泪，往昔的怨恨尽消，作为第六代天福堂的传人，他将挑起振兴祖业的重任，他因去日本留学，以致没有恪尽孝道。

他是结婚三个月后去日本的，他不满爹横蛮地把另一家药铺人福堂的大小姐塞给了他，而他爱的是他中学时的一个女同学，可惜她家道贫寒。他和白苇圆房的那个夜晚，竟丝毫没有激情，很缭草地完成了那个仪式后，即侧身睡到一旁去。他睁着眼睛，听见窗外的风在花叶间细细地穿过，听见哀婉的虫声滴落在夜的深处，渐渐地滴出一片曙色来。他突然很想见到白苇，她变成了一个什么样子？有一种久远的渴望在周身燃烧。

夫人呢？他问。

有人告诉他，夫人在后花园。又说，夫人几年前去日本，生的小姐已经两岁了，长得非常可爱。

她去过日本吗？

少爷真会开玩笑。夫人到日本去探亲，老爷派人一直把她送到上海登的海轮。

张小宇点点头。他点头不是因为明白了什么，而是什么也不明白，只好搪塞过去。

他说，你们去忙吧。我去后花园。

张小宇已经意识到他走后的五年里，家中发生了非常重大的事件，他急于想知道这个谜的谜底。

穿过宽大的后厅，他走进阔大的后花园。后花园的那一边，有一道高高的围墙，一扇小小的门通向制药的工房，那里依古法炮制着各种膏丹丸散，铁碾声、石磨声、铁杵声、切药声远远地传来，浓烈的药香弥漫在空气中。他辨别着哪是虎骨酒的芬芳哪是金创散的温馨，药香一代一代地熏染着天福堂，使天福堂的名声远播到省内外。

酷夏的阳光呈一种金白色，如沸腾的铁汁满地流淌。张小宇站在廊檐下，久久地，不敢把脚伸到阳光下去。更使他诧异的是花园里各种名贵的花草皆不见了，却种着许多的罂粟和颠茄，以及七叶一枝花等有毒的草本植物。大朵的纯白如玉的罂粟花，美丽而恐怖；钟状的颠茄花淡紫如云，黄绿色的七叶一枝花沉重如铜锈。于花丛中，他看见他的妻子白苇牵着一个小女孩缓缓地走过来。

白苇穿着白绸夏服，每移动一步，张小宇便听见绸质的脆亮的声响不断地传来。那张脸憔悴如一片枯叶，飘袅着死亡的气息。她忽然停下步子，怔怔地望着张小宇，嘴角泛起一丝冷笑。小女孩也怔怔地顺着她母亲的目光打量着廊檐下的陌生人。然后，她们转过身去凝立在一大丛罂粟花前，把洁白的背影抛给他，使他不寒而栗。

在1944年夏天的这个下午，当张小宇从客厅走出来，准备去迎接田中时，已经廿岁的女儿紫萤穿着洁白的长旗袍正站在一大丛罂粟花前，背影和她死去的母亲酷似，从她身上洋溢着一派妖媚而冷峻的鬼气。从他回到天福堂起，紫萤从没叫过他一声“爹”，眸子里深含着一种刻骨铭心的仇恨，这种仇恨最终促成了他的死亡。从第一次见面起，张小宇就感觉到他会死在他的女儿手上。

他从廊檐下走出来，一直走到白苇和小女孩的面前。双方都没有久别重逢的欣喜，只是一种礼仪的需要。张小宇还有一种突发的好奇心理，想看看这个原本不是他的小女孩将怎样面对他。

白苇，我回来了，这就是我们的女儿吗?

嗯。她叫紫萤。紫萤，叫他爹。

紫萤并没有躲闪和怯怕，她突然睁大眼睛，狠狠地瞪着他，那张小脸洁白如雪，有如一朵罂粟花。她一句话也不说，眼珠子凝然不动，森森然。

白苇说，这个孽种!

紫萤咬牙切齿的声音，自薄薄的唇间跳出。这种声音在此后的岁月里一直响在张小宇的耳边，哪怕在深沉的梦里。

这一天的夜晚，紫萤被保姆领到另一间房里去安歇，白苇则在自己的卧榻上无声无息地睡下来。张小宇喝了很多的酒，喝得全身热气腾腾，于朦胧中生发出一种亢奋。他极想知道这个女儿是怎么诞生，而他的爹又是怎么死去的。他对白苇产生了一种报复的欲望。

当他爬到床上与白苇纠缠时，白苇始终不发一言，躯体呈一种僵硬状态。在夏天的夜晚，尽管暑热犹浓，但白苇的肌肤却透出寒意，使他所有的动作都得不到回应。他感到从未有过的疲劳与恐惧，兴奋也就如潮水消退。

这样的事情以后再没有发生，即使两人睡在同一个床上，也极似两具没有生命的木偶。只是白苇逐日地瘦损、凋零，不知不觉地走向生命的终点，合上她怨恨的双眼，然后张小宇将她风风光光地安葬了。

白苇是怎么死的，没有任何人觉察。张小宇自回到天福堂后，陆陆续续将原先雇请的本地工人和伙计打发走了，换上了江西人来替代他们。金力和龚四是作为徒工在 1936 年左右招收进来的，金力后来成了很地道的配药师，而哑巴龚四则一直充当杂役。他们万万没有想到会成为 1944 年夏日后天福堂这部历史中的风云人物。

白苇死的时候对张小宇说，我们彼此之间的旧账已经了清。你会死在紫萤的手上。

张小宇木然地望着她，半晌无言。其时，不过四岁的紫萤站在床边，眸子里没有半丝泪光。

3

廿岁的紫萤出落得十分俏丽，在午觉后她身着洁白的丝绸旗袍站在炽烈的阳光下，身前身后簇拥着一片冰雪似的罂粟花，把她烘托得更加冷峻袭人。她看见她的影子淡淡地横曳在地上，轻盈得只要有一丝风就会飘拂不已。天空非常的辽阔和深远，但她依旧感到一种沉重的压抑。那些硕大的罂粟花对她来说是个纯净的安慰，同时又使她眸子里潜藏的哀怨更加楚楚动人。

她掐下一朵罂粟花，放在鼻子前嗅着，似乎有暗香浮动。她没有母亲，也没有父亲（她自临世起就确认她永远没有父亲），张小宇的冷漠与鄙夷，使她从不愿叫他一声爹。在勉勉强强念完高中后再不愿读书，读书对她来说是一种折磨。于是，在 1944 年的夏天，人们常看见她站在烈日下的后花园，忧郁得纹丝不动，仿佛是一柱冰雪。杂役龚四在忙忙碌碌的闲空里，常为这种景象所震撼，他的目光小心翼翼地触摸紫萤的背影，同时产生许多不着边际的幻想，发不出声音的喉咙呼呼噜噜地乱响，那是一些不为人知的最亲切的话语。

紫萤在站立了很久之后，下意识地回转身，于是哑巴龚四和穿军装的田中出现在她的视域里，就在这一刻田中看见了女妖般的紫萤，那一身洁白，以及阳光无法化解的满脸忧郁，令田中怦然心动。他顿住脚步，问，她是张小姐？龚四极兴奋地点头。一向高傲的紫萤居然没有避开田中的目光，她觉得他极似她意念中的一个熟人，那种自然流露的忧心忡忡，令她着迷。她灿烂地笑了，笑得非常的妖媚。

这个彼此相视的短暂一瞬，胜过许多岁月的交往。一个悲剧从此拉开了序幕。田中为此而丧失生命，紫萤则为一份不可复得的情感而痛苦终生。

这个短暂的一瞬，让站在大客厅门口准备迎接田中的张小宇摄入心中，也许是从那一瞬开始，他的一个阴谋开始不动声色地实施。

田中走到紫萤身边时，彬彬有礼地深鞠一躬。当他抬起头来，便看见簇拥紫萤的那一片狂肆的雪浪，他的老师教他识别过罂粟这种有毒的植物，他曾惊异于它的美，而忘记了它所蕴藏的颓废情调。

她说，我不喜欢你这身军装，让人想到战争和杀戮。

我住下来之后，就不穿它了。不过，杀戮是随处都有的，有的只是不动声色。田中说。

紫萤点点头，然后转过身去，她很欣赏他的回答，使她无端地产生某种先验中的快意。龚四，带他去见老爷吧。龚四哇哇地雀跃，领着田中朝对面的大客厅走去。

在大客厅门口，张小宇用流利的日本话表示他的心情。他说，早接到宪兵司令部的通知，欢迎田中先生的到来，住处早已安排好了，有什么需要只管让哑巴龚四去办。田中虔诚地用中国话表示内心的感激。他恍然觉得张小宇是一个地道的日本人，而他却成了一个中国人。然后他们在客厅八仙桌前坐下，龚四殷勤地给田中斟上一杯中药凉茶，甘草、金银花的气息从杯中荡漾而出。田中啜了一口，周身生发凉意。

等一会，让龚四带你到工房去看看，我已经交代了配药师金力接待你。

谢谢。

停了一阵，田中说，张小姐很喜欢罂粟花。

张小宇笑了笑，以后你们可以成为朋友，你们都很年轻呀。希望你不要见外，这里就是你的家。

谢谢张先生。

张小宇仍然有声有色地说着日语，他说他很喜欢东京和上野的樱花，那是一种轰轰烈烈的生和慷慷慨慨的死的最完美的形式。他说他至今怀念东京医学院的老师和同学，他后悔那一年的归来。张小宇说得很动情，他确实为1926年的归来而后悔不已。假若他不归来，他父亲是不会死的，那么白苇也可以活得无拘无束，是他的一纸电文打破了天福堂以往的平静，并使他和紫萤成为敌对的两极。

所有的寒暄终于结束，田中的应答心不在焉，他的目光伸延向罂粟花丛中的紫萤，张小宇发现后便叫龚四领着田中去工房看看，让他和金力认识认识。

田中如释重负地站起来，随着龚四沿着花园中的小径走向那一扇通向工房的小门。

紫萤依旧伫立在那里，那个洁白的背影再一次印入田中的脑海，此后没有过半刻的淡释。阳光变得冰凉，从那扇小门里涌出如潮的药香，似乎疮痍满目的岁月有了拯救的希望。

小门边，金力冷冷地站在那里。

4

张小宇走进这座乡间的竹篱小院，是在他从日本归来两个月后的某一天上午。小院非常的清幽，两三株梧桐树伸展着碧沉沉的浓荫，蝉声此起彼伏，明亮有如夏日的天空，篱边还有一个小小的荷池，几箭红荷含苞欲放，卓然而立的风姿十分动人。一时间，他想起了自己的童年，那时天福堂的后花园很小，园子里的景致酷似眼前，母亲带领着他在树荫中散步，或者坐在荷花池边看款款而飞的蜻蜓。可惜母亲在他十二岁时生病去世，父亲却没有再娶。

他常在秋雨潇潇的黄昏，持一本医书坐在窗前听雨打桐叶的声音，兀地长叹一声：梧桐更兼细雨，到黄昏点点滴滴，这次第怎一个愁字了得？那个清癯的背影和寂寞难耐的声音，使张小宇对父亲充满了感激之情，和父亲同年的有身份的人，不但有妻室还有侧室，而父亲却甘愿独守着他。正是基于比，当父亲给他择定白苇做他的妻子时，心虽不满却依旧顺从，在一种百般无奈之际才以留学为名逃离了这个家庭。

张小宇很惊异于这个小院子与他儿时印象的重合。

这里离天福堂已经很远，它坐落在临近的一个县的乡下。

几日前的深夜，他无法入眠，在昏暗的电灯光下翻阅父亲留下的沾满灰尘的账簿。无意中翻开其中的一页，一行楷书小字写着父亲在外县的乡下购买一处房产的款项，数字后面有一个打着圆圈的“吴”字。他立即想起了白苇的奶妈，一个四十多岁的蓄着巴巴头的女人，和出嫁的白苇一起来到天福堂。白苇叫她吴妈。他回来后竟忘记曾有过这么一个人的存在，因为她已不在白苇的身边。

白苇在喝着由佣人端来的莲子羹，瓷匙不时地碰响小巧晶莹的玉碗，声音颤颤使夜色轻轻晃动。

哦，白苇，我怎么没看见吴妈？

早回老家了……

他“哼”了一声。

他走进堂屋时，吴妈正坐在一把小木椅上，定定地看着他。后屋里依稀有人声，那定是吴妈的家人。

我知道总有一天你会找来的。吴妈鬼里鬼气地说。

张小宇拖过一张凳子坐了下来，说，当然，有许多事只有你知道。你老老实实告诉我。房子照旧让你住，还给你一些钱。

吴妈诡秘地笑了一下。

你想听吗？你不怕吗？

于是，吴妈开始了她有生以来最长的叙述。其后果是导致了白苇的死去，和张小宇对紫萤的仇恨。但这一切除吴妈和张小宇外，再没有第三个人知道。

她说，老爷自你母亲死后，一直没有续弦。但他是一个很无耻的人，请你不要介意我这样评论你的父亲，他是一个老混蛋。

在张小宇的脑海里呈现这样一连串的画面：他去日本后的这一年的中秋节，张大宇在后花园的月光下，安排了一个赏月的聚会。工友和伙计们早放假了。只有几个佣人，站在一旁侍候着张大宇和白苇。八仙桌上摆着月饼、药糖、掰掉皮的柚子、洁白的藕和鲜红的菱角。

白苇，小宇走了，我们一家子今晚赏赏月，也不知道他在外乡会不会想起我们。

来，你也喝杯酒吧。

孤寂的白苇含着泪喝下了一杯酒，然后使劲地咳嗽。

一院子如霜的月光。

到午夜时，白苇两颊酡颜，已经有了醉意，突然呜呜咽咽地哭起来。张大宇依旧大口地喝酒，吴妈看见一杯一杯的月光流入他的口中，很贪婪很快意。

夜阑人散。

三更时，睡在白苇隔壁的吴妈听到有人拨动门栓，她立刻猜想到是谁。接着，听见白苇的一声呻吟，但很快归于平静。

第二天吴妈看见白苇时，她有些羞怯地低下了头。

而一向有些颓废的张大宇却精神焕发，铜锣样的嗓音响在天福堂的各个角落。

以后，白苇就有了身孕。

有一天夜很深了，隔壁传来压抑的争吵声，张大宇要白苇打掉这孩子，白苇冷笑着说：你怕，当初就不要来坏我的身子，我要生下来，这是你们张家的骨血。张大宇的叹气声一直响到快要天亮的时候。

吴妈说，白苇要留下孩子，当然是出于怨恨，她要报复这个老东西。

但最终白苇为了自己的名声，还是听从了张大宇的安排。他在这里买了这处房子，然后谎称白苇去日本探亲，由吴妈陪同。其实到了省城长沙后，就折回到这里，一直到生了孩子半年后再回到天福堂来。回来后，白苇叫人将园中的花草除去，栽上罂粟、颠茄、七叶一枝花，张大宇不敢吭一声。

那么，我爹是怎么死的？

吴妈笑了笑。是白苇逼死的。少爷回国的电报打来后，白苇和老爷谈了一夜，让他死。老爷最后同意了。但老爷担心他死后，白苇定没有安适的日子过。白苇说，那是以后的事，你无需管。

张小宇听到这里，眉头一皱。吴妈，以后老爷就装着是不小心掉到井里去的是不是？

是的。

白苇是一直看着这一切的是不是？

是的。

以后，白苇就让你住到这里来，想让你再不见我是不是？

大概是吧。

吴妈说完这一切，觉得很轻松，由衷地舒了一口气。

张小宇站起来，从口袋里掏出一把钱扔在地上，恶狠狠地说，你如果再对别人说起这回事，我宰了你！

吴妈打了一个冷噤。

张小宇回到天福堂后没有任何异样的表情，而且对白苇非常关心体贴，每晚的那一碗莲子羹他亲自过问，并到灶间去料理。白苇对莲子羹的渴求愈来愈强烈，不喝则痛不欲生，人则越来越消瘦枯萎，终于死去。她到死也不知道张小宇在莲子羹里放了白粉，它的学名叫海洛因。许多歹毒的算计往往有一种温馨甜润的形式。张小宇在白苇入殓时，脸色平和，内心却波涛起伏，他说：我报了仇了？这是一句含意很模糊的话，连他都觉得困惑。

安葬好白苇，张小宇站在后花园，望着那些罂粟、颠茄、七叶一枝花，丛丛簇簇，密密匝匝，仿佛是自己深掩的心思的外化，竟有些触目惊心。他叫来杂役，让他们将这些草本植物铲去。杂役们呼啸着散开，锄刀铲锋的光芒刺目地划在空中。四岁的紫萤就在这时从客厅疯狂地跑出来，手里握着一把裁切包药纸张的窄窄的短柄切刀，一直跑到张小宇跟前，像一只小狼嗥叫着。不准挖，那是我妈妈的，我杀了你们！

5

在天福堂的青年男性中，金力认为他将来会成为张小宇唯一的乘龙快婿。1944 年的金力正当黄金时代，高高挑挑的个子，蓄着西式头，戴着一副平光的金丝眼镜，镜片后闪着阴冷的光。他这时不过廿岁出头，而在天福堂已有了近十一年的资历，张小宇又是如此的看重他，着意把他造就成一个身负重任的配药师，许多张家的祖传秘方他都烂熟于心。上千种的中草药，即使闭上眼睛，只要放在鼻子边一嗅，便能说出它的名字来。唯一遗憾的是他不能诊病。他曾经表示愿意跟张小宇学习医道，张小宇说：你不行。为什么？他问。你的心思太多，而把脉诊病要淡泊宁静，我虽学过中医西医，但成为不了一个好医生，因为没有定心，太浮躁。你将来是可以当老板的。

张小宇说得非常诚恳，又说，多跟紫萤接近吧。

金力感激地点点头。

他觉得他和紫萤之间有段不可跨越的距离。他许多次看着伫立在后花园中的紫萤，感到她凛然不可侵犯。紫萤对所有男人的敌对情绪，从周身的每个部位时时喷溅出来，如火如荼。面对紫萤，金力觉得自己非常猥琐与卑下。但是，他想象随着岁月的推移，这一切都将改变，未来天福堂的主人定然是他。他万万没有想到 1944 年夏天的这个下午，当田中走进天福堂后，他所有的如意算盘都打错了，他在紫萤眼中更加变得一钱不值。

在这个下午，他站在后花园通向工房的这扇小门边，看着孤独的紫萤的洁白身影伫立在炽烈的阳光下，艳美而森冷，看着龚四领着田中走进后花园，田中与紫萤一见钟情的对视令他焦躁不安，他们之间无法听见的短暂的对话一定铭心刻骨。他开始仇恨这个来得不是时候的日本人。这种仇恨在日后如一粒火种燃起一片野火，使他在一番尽兴的报复之后导致了自己的消亡。在“解放”后古城编撰的一本革命史料中，是这样记述金力的：金力，徒工出身，曾任天福堂的配药师，为反对日本帝国主义的侵略，在配制金创散的药品中改变配方，致使日本侵略者在负伤后致残致死，后被敌人暗杀于城西石子墩，由人民政府追认为烈士，牺牲时年仅二十二岁。而生活的原型远不是这样，历史的谬误成为一种常态的存在。

当龚四领着田中来到他面前的时候，他邪恶的笑容可掬。

欢迎田中先生不远万里从日本来到中国，张老板已经交代过了，希望我们能很好地合作。

田中的脸涨得通红，他又一次看了看自己的军装，说，金先生，请多多关照。

在所有的参观过程中，金力以一种主人的身份介绍天福堂的历史，介绍名目繁多的产品虎骨酒金创散牛黄丸再造丹清凉油，介绍制作的原料和程序。田中认真地听着，在氤氲的浓重的药香中，他觉得这一切都无比奇妙。

田中先生，这些日本是没有的。

是的，没有。

金力在短暂的接触之后，便看出了田中的阅世不深，看出了他的稚气未褪，觉得对付田中不过是用牛刀宰鸡。

龚四一直跟在旁边。

田中终于发现了工房里的工人，无论是切药的、推碾槽的、筛药的、配药的，对于他的到来都充满着冷漠和不屑，无数的声响从下而上扬起，再落下来，砸得他的头皮发麻，他感受到一种孤立无援的痛苦。他力图使自己挣扎出来，问，金先生，为什么炮制中药，要使用不同的液体呢？

金力说，这就是中药的神奇了，说出来你未必明白。酒制取其升提，姜汁制取其发散，盐水制取其入肾而攻坚，醋制取其走肝而收敛，童便制取其清火下降，乳制取其润枯生血，蜂蜜制取其甘缓补脾……你听得懂吗？

田中略有所悟地表示听懂了。

金力很奇怪地望着田中，忽然说，龚四，取三瓶虎骨酒来，我们边喝边谈。

田中说，金先生，我不会喝酒。

初次见面，以后就是朋友了，朋友怎能不喝酒呢？

龚四取来了酒，揭开瓶盖，递给田中和金力每人一瓶，自己手里剩下一瓶。

金力对工友们喊道，都来看看，我们欢迎田中先生来到天福堂。来，田中先生，你们日本人来到中国不容易，一路杀过来实在辛苦，我们一口干了！

龚四笑得哇哇的，他一眼就看出了金力的心思。于是，仰脖咕嘟咕嘟地把一瓶酒灌下去。金力说，田中先生，先喝为敬，看我喝它个底朝天。

田中苦笑着迟迟不敢喝，旁观的人开始起哄。有生以来他第一次觉得如此难堪。他掂了掂酒瓶，吸了一口气，极艰难地把一瓶酒喝下去，立刻觉得头重脚轻，眼花缭乱，腿一软顺势坐到了地下。

金力哈哈大笑起来，他觉得从未有过的快活。

后来，这个故事就在岁月的风雨里流传开去，变得神乎其神，金力成了一个智斗日本侵略者的英雄，因而大长了中国人的志气。“解放”初的小学生乡土教材上，出现的金力曾成为许多幼小心灵中的偶像，并伴随他们长大成人。

就在这时，紫萤出现了，如一种冷却剂，使所有的笑声统统凝固。

她对龚四说，去取四瓶酒来，我喝两瓶，你们一人一瓶。

她极豪爽潇洒地灌下了两瓶虎骨酒，两颊鲜红如施了重重的胭脂。

金力和龚四再不敢喝。

他是天福堂的客人，知道吗？她眉梢一横如利剑出鞘。

她命令龚四把田中扶回房里去。

当她的背影闪出那扇小门时，金力狠狠地吐了一口唾沫。

6

在白苇死后的许多岁月里，张小宇顽强地揣测着张大宇和白苇之间所形成的格局。一个鳏夫和一个怨妇的风流故事，并不是全部的内涵。那个中秋之夜张大宇的施暴，最初应受到过白苇的反抗，但很快在泛滥的春情中得到从未有过的欢乐，以作为对张小宇的报复和对自己的补偿。但在欢乐过后，那种属于为世所不容的乱伦所生发的罪意又如此强烈地折磨着他们，使他们痛不欲生。这个过程循环往复，希望与愧疚交替进行。

白苇执意要生下这个孩子，张小宇判断白苇终于从痛苦的深渊中挣扎出来，以留下长长的空白来与张大宇中断这段可耻的关系，让生下的孩子作为张家一个耻辱的象征而长留世上，这是一个弱女子所能施行的最有效的反抗方法。因此，当张小宇即将归国时，张大宇只能用死来作为解脱自己的唯一途径。那个小院的梧桐和荷池，表现的是张大宇对前妻的忏悔之情。但张小宇的追索并没有终止，揣测毕竟不是真实，他知道这个问题将对他困扰终生。

关于父亲死的时间、地点，以及蒙混众人的种种细节，白苇和张大宇一定作过详细的规划，商量时的语调一定十分平和从容，目的并不重要，过程就是一切。张小宇猜测他们在安排与其有着密切关系的“死亡”时，仿佛是在淡沦一首旧诗的意境，充满了一种达观的态度，堪称是大智大勇。这种揣测日后有力地影响了张小宇，使他在面对死亡时也同样表现得从容不迫，当然要壮烈得多。

张大宇的死，安排在一个月色很好的午夜，他手握一把折扇，身着浅白色的长衫，从他的卧室里走出来。他先是在后花园的小径上且行且停，轻轻吟咏着古人关于月夜的诗句，显得非常的儒雅和飘逸。而白苇正站在没有灯火的卧室的窗前，窗开半扇，注视着张大宇的背影。那个背影几乎在月色中消融，只成为淡淡的一抹，在微凉的风中簌簌而响。这个过程的时间很悠长，有如悠长的一生。张大宇走向花园一角的井台，圆圆的井里蓄着一个硕大的月亮，他的影子荡动在月亮之上，有如一帧剪影。他甚至回眸看了一眼正在注视他的白苇，点点头，表示可以开始了。他把折扇丢在井台上，然后纵身一跳，闷闷的响声很快即平息下去。

白苇在等了许久后，或者，还到井前去看了一眼，才回到花园中的月光下，发出毛骨悚然的尖锐的惊叫，如利刃般将许多沉睡的梦刺破。张大宇的一生在充满诗意的夜晚戛然而止。

当张小宇回到天福堂时，那口井已经填死，井台也拆除了，精心安排的“死”被抹去所有的痕迹，成为一个不解的谜。

但在以后的岁月里，夜深的后花园经常有人看见鬼影飘飘，或男或女，走过大片的罂粟时，哗啦啦的声音惊心动魄。张小宇没有见过，但认为那一定是张大宇和白苇，身上便虚汗淋漓。但当紫萤长大后，这些鬼影突然消逝了。紫萤间或在有月或无月的夜晚，游魂般飘荡在后花园的小径上，穿着一身素白，透出阴森的气息，似人非人，似鬼非鬼，而且不时地远远面对着张小宇的窗子，从那双眸子里流出诡秘的光彩，令张小宇恐怖不已。

张小宇常常在外面通宵不归。

7

爱情有时并不像一道数学题，需要层层推断，环环紧扣，然后得出结论。

1944 年夏天的这个下午，阳光充足，紫萤和田中之间突然萌生的那一点爱情的芽叶，开始疯长起来，胜过无数春风秋雨的培育而在极短的时间内长成一棵参天的大树。金力无法理解这个事实，一个异国青年和一个中国女性，仅仅在一面之后，就具备一种生死相托的意味，简直是上古的神话。张小宇后来听金力说起时，淡淡地说，不可能！你作为一个男人，要想得到什么就要千方百计去得到它。我一直很看重你这一点，我希望我未来的女婿起码是一个中国人。金力感动得只差没掉下泪来。张小宇心里却明白，这种事情讲究的是缘分，这一对青年男女身上所激扬的那种忧郁气质，那种对生活的感伤，促成了他们对所有过程的省略而直奔目的。

张小宇说：金力，我的苦心，你要明白，你不要让我失望。

当龚四搀扶着田中走进早已收拾好的卧室，再把田中扶到床上躺下时，紫萤随即风一样的飘了进来。她端来了一小碗醒酒的药剂，叫龚四给田中灌下去。龚四不解地望着紫萤，嘴角倔强地动一动。给他灌下去，你聋了?！紫萤眼露凶光，龚四很不情愿地点着头。

迷迷糊糊的田中，被龚四一手扶起上身，一口一口地灌醒酒的药剂。

紫萤缓缓地踱着步，打量着室内的摆设，书案、茶几、高背靠椅、雕花床、踏脚板、小书柜（里面摆着一排线装书）、热水瓶、茶壶、茶盅……只是洁白的四壁空无一物。便旋风般跑出来，从自己的卧室取来两幅字画，一幅是唐伯虎的仕女图，一幅是她自己书写的李清照的词《醉花荫》，都早已装裱好了，一直挂在自己卧室的壁上，她找好两个适当的位置，小心地悬挂起来。唐伯虎的这幅仕女图，画的是一个忧郁憔悴但仍秀丽的少女，站在西风晚照的菊篱边，孤独得连影子都没有。她书写的词中，最喜欢的是下阕：东篱把酒黄昏后，有暗香盈袖。莫道不消魂，帘卷西风，人比黄花瘦。

日后田中邀请紫萤前来小坐时，对这两件作品赞叹不已。他说中国画真是太妙了，这西风晚照中的少女，按西洋画的技法，因光和影的作用，她应有长长的身影，然而中国画省去了，更突出了她的孤苦无奈。我也很喜欢这首诗，上篇的“愁”字点题，人比黄花瘦，还有可庆幸处，毕竟有黄花相伴。他说完，很大胆地望着紫萤，紫萤脸顿时红了，说，以后……我们好好相处吧。又说，金力、龚四还有其他人，都是十二三岁就来到了天福堂，没念过什么书，粗野之处你多包涵，但人并不坏。田中说，我明白。

这一次谈话，发生在田中醉酒后的第三天上午，阳光轻盈地飘满了半屋子，薄似金箔。古香古色的家具和壁上的字画，再一次使田中想起了沈阳那位名医的宅院，并在一刹那忘记了自己是一个异国人种，面对紫萤，油然而生一种少小无猜的感觉。紫萤则更深重地感受到田中身上的那种忧郁和寂寞的情调，同时惊叹于他能这样的懂得中国的东西，评画品词独抒心臆，这实在是难能可贵。

她说，明天有闲吗？我领你到海会庵去看看。

田中兴奋起来。

1944 年夏天的海会庵，早已失却往日的繁华，它坐落在市中心黄龙巷的后面，香客稀少。门前有日本士兵出出入入，东洋大马就系在石狮子边。田中难过地说，佛地怎能这样糟蹋，张小姐，真是很过意不去。叫我紫萤吧，我们且进去看看。

早上，紫萤和田中是在金力仇视的目光中走出天福堂的。在店堂里碰到张小宇时，田中礼貌地说，我随张小姐去海会庵走走。张小宇很高兴地说，好的，好的。待他们叫了两辆人力车坐上去，车轮咯吱咯吱渐行渐远后，金力对张小宇说，我就不服这口气。张小宇拍拍他的肩，表示同情和理解。

紫萤、田中走进了山门，劈面是一道照壁，上面写着六个绿色的颜体大字：南无阿弥陀佛。

这是什么意思？田中问。

“南无”应读成“那摩”，它的意思是“敬礼”。阿弥陀佛的意思是“无量的光明”。

紫萤，你懂得很多。

我不过无聊时翻翻书罢了。

是不是可以这样说，进入佛门都能看到“无量的光明”呢？

也许吧。进入佛门必须与佛有缘，也可以说是能切断一切尘缘的人，方能入此。一切的恩恩怨怨仇仇爱爱皆如风吹云散，了无痕迹。我们不是这种人。比如你田中，你时时会想起你的父母弟妹，还渴望将来有一个美丽的妻子，所以你与佛门无缘。

田中说，也好，都与佛门无缘。

说着说着，他们走进了弥勒殿。

弥勒佛抚着大腹便便，笑得极为天真纯净，有如一个胖孩子。

他一定很快活。

当然，他无忧无虑，看穿了世事，大肚能容容世间难容之事，开口便笑笑天下可笑之人。他在笑我们奔忙苦恼于红尘滚滚中，却不来伸手拉我们一把，耐心地等待我们自己的觉悟。紫萤的眼中忽然盈满了泪水，田中忙从西裤口袋里拿出一条手帕来。

走出弥勒殿，又踱进大雄宝殿，这里敬奉着释迦佛、阿弥陀佛、二十四诸天及十八罗汉，气象森森，田中大气都不敢出一口。大殿后供奉着观音像，慈眉善目，有千手向不同方向伸出。佛龛两旁挂着一副对联：现三十二身而说法，遍洒醍醐，瓶里杨枝含净水；出五百双手以指迷，仰瞻璎珞，空中莲蕊吐慈云。在佛桌边端坐着一个闭目诵经的老尼，不时地轻敲着木鱼。老尼突然睁开眼睛，问，你可是张小姐？

紫萤诧异地点头，上前施礼，说，师傅怎么认识我？

你还很小的时候，你母亲领你到这里来烧香，曾嘱我若有机缘度你出苦海，以后，你也间常来走走，但老尼算来，你今生与佛无缘。

紫萤说，我知道，这位呢？

这位恐不是我土人士。然后闭目说出一偈：住也总难住，去也终须去，石破天惊日，皆是风尘误。

田中似被电击了一下，嘴唇颤动如风中秋叶，他被老尼和殿堂中的神秘气氛所震慑，复又响起木鱼声，那木槌似是敲在他的头颅上，疼痛得有些晕眩。

紫萤说，我们走吧。

来到阳光下，他们的心情又明亮起来，找了一处树荫下的石凳子坐下，看阳光细细碎碎地从树隙间泻下来落在脚边，似乎可以伸手拾拣，有两只燕子仄身自殿檐下飞出，那是很快乐的一对恋人。他们静静地坐着，愣愣地对视，读着彼此眸子里的内容。

他们没有细想过老尼偈语中所含的意义。在离开佛殿后，所有的感觉就是这个世界只剩了他们两人，到处空空荡荡，阳光和树荫成为一个浪漫故事中的布景。偶尔，山门外传来一两声马的长啸，又幻染出几许山野的气氛，并不影响这个故事的浓度。但在几年后，却有一个与天福堂有着某种神奇关系的女性遁入了海会庵。在数十年后，她成了一个慈眉善目的老师太，端坐在观音佛龛旁的蒲团上，轻敲木鱼，几不知时光已经流逝了很长的一段。

紫萤说，该回去了。今晚没事，到我那儿来坐坐，好吗？

紫萤的脸上飞起一片桃红，田中为这种艳丽而倾倒，他知道他已经爱上她了。战争也会造就一些始料未及的奇迹。

8

张小宇在白苇死后，再没有续弦，其实他当时还相当年轻。在外人看来，他和张大宇的行为如出一辙，守着一个女儿度日，恪守着对白苇的那一份真挚的情感，因而倍受世人的赞叹。其实是因为绝望到了极点，他觉得家庭是一个极为虚伪的概念，再不愿为此而付出心血。他把许多的精力花在扩大天福堂的业务上，也极热衷于社会上的慈善事业，其目的仍是为了增加天福堂的知名度。

每年秋季，政府按常例总要清理城墙四周的壕沟，到处是泥坑瓦砾，夜里写着“天福堂”的大红灯笼就挂在壕沟边，以利行走；青黄不接的时候，天福堂在市中各处施粥施药，分文不取；城中一些庙宇如需修葺，天福堂必慷慨捐资，故得以在功德碑上刻上字号。在劳务之余，张小宇坐着人力车到戏院去看京剧，去茶楼酒肆享用佳茗美肴，当然也去笙歌沸耳的妓馆作一个浪荡子的消停。他身上原有的那种书卷气，在岁月的风尘中消磨殆尽。许多年后人们再也无法认定他曾是一个留学东洋的大学生，而只是天福堂的老板。在“解放”初古城编撰的革命史料中，他赫然成为一个烈士时，人们恍然若悟他的隐藏很深。但九泉之下的他一定觉得十分滑稽。

张小宇和楚雨的相遇纯属偶然。几年前的一个夜晚风啸雨泣，张小宇在华南戏院看过京剧后，走出大门，突然有了一种孤独感，他不想回天福堂去，就叫了一辆人力车把他拉到杨家园，然后走进莺燕居。当鸨母领来一个十八九岁的姑娘，他差点叫出初中时与他相处很亲密的一个女同学的名字来。她当然不是他的同学，只见眉眼酷似，眉心那颗小小的红痣，使整个脸面平添娇媚。张小宇万万没有想到楚雨日后会成为他的红颜知己，并为此而付出一生的代价。

鸨母告诉张小宇，楚雨是新近来的，你就给她“开苞”吧，今晚就是你俩大喜的日子。

张小宇说，妈妈，要多少钱，我出。但我不想张扬，我想安安静静，楚雨姑娘你同意吗?

楚雨羞怯地点头。

楚雨的卧室小巧、精致、素雅，一如她本人。当鸨母领着人客客气气地道过喜后，笑吟吟地离开，屋里便只剩下他们两人。门已经关上了，高案上燃着鸾凤大红烛，烛光红红地盈满了一屋子，连那架古琴上的弦也充满了暖意。窗外的风声雨声，在烛光中消融去那一份惨淡和萧瑟，变得温情脉脉。

他说，我初中时的一个女同学，极像你。

张老板，你就当我是她吧。

你不介意?

不。第一次能和你在一起，我……应该高兴。

他开始谈一些中学时代的情节和细节，许多几近遗忘的印象在这一刻变得鲜明。在上国文课时，他和同桌的她偷偷地选定一个韵脚，然后比试一堂课谁能做几首七绝，放学后相邀走在一道，评定哪一首可以排在榜首。排在榜首的多半是她的诗，她的自矜常令张小宇高兴。

楚雨说，她真幸福，我比不得她。看样子我找到了一个好老师了，我没事时也写诗，你愿意看吗?

张小宇说，怎么不愿意?!

楚雨在剪过烛花后，寻出一叠诗稿递给张小宇，自己极娴静地坐在旁边。

张小宇觉得时间在倒流，他嗅到了她身上散发出来的青春气息。他轻声吟哦着楚雨的诗句，兀地说，你比我写得好。

楚雨微微一笑，你怎么知道我比你写得好？

这首《秋》中的两句很漂亮：半榻凉生知夜雨，又添小院几分秋。《忆梦》中对一种美好情愫的寻求写得也很妙：樱颗每因私语小，梨涡常现笑痕圆。

张小宇一边看一边评点，当看到《吊小姨》时，帘内呻吟帘外雨，不堪并作一时听，觉心中涌上一派苦涩，便问，你小姨是你妈妈的妹妹吗？

是的。她叫闻筝筝。可惜她命苦，嫁了个很不好的男人，又穷又凶，五年前把小姨活活地折磨死了。

张小宇拍案而起，然后又缓缓坐下。问，你是跟她学的作诗？她有孩子吗？

她没有孩子。我很喜欢她，她教我做诗。其实，我的命比她还苦，爹受了冤枉，下在大狱里死了，母亲贫病交加也死了，我就到这地方来了。不说这些了，张老板很扫兴吧。

张小宇没有吭声，他的眼角有点润湿，没想到他的这位女同学闻筝筝有这么惨的结局，假若爹当时同意了这门亲事，也许她的生活会成为另外一种样子。

夜很深很深了。

楚雨走过来，柔柔地说：该睡了。接着便拉起张小宇的手，朝床榻边走去。

红烛闪了几闪，灭了。

他们就这样躺在床上，什么也没有发生。张小宇面对酷似闻筝筝的楚雨本有一种旧梦重圆的激情冲动，同时又萌生出面对后辈的乱伦罪感。在这一刻，他确实想起了他爹和白苇。

他说，楚雨，你若同意，我把你赎出去，找一个地方住下。但我会要求鸨母为此保密，也希望你保密，你同意吗？

楚雨轻轻地啜泣起来。

此后，一切都悄无声息地进行，莺燕居突然不见了楚雨，鸨母说楚雨到外地去了。楚雨被安顿在城郊一条深长的小巷里。张小宇买了一处院子，并雇请了一个外乡的中年女佣。张小宇间常以谈业务为名，潜到这里来，度过了不少愉快的时光。但一直到他死，楚雨仍是一个闺女。她为此既感激张小宇，同时又充满深深的幽怨，直到她知道了此中的缘由后，她说，我永远是你的人，我此生再不会爱第二个男人。

天福堂的人除了龚四之外，没有任何人知道张小宇和楚雨的关系。龚四知道这种关系，是在张小宇临近死亡的前一天夜里。张小宇已无法走出天福堂，只好委托龚四将一包金条和他用过的一枚田黄石印章，按他说出的地址送到楚雨那里去。楚雨当时就预感到天福堂会有一件大事将要发生。

9

坐在紫萤闺房里的田中，品着沁香的西湖龙井茶，摇着圆圆的蒲扇，在紫萤的轻言款语中，使他思家的忧郁逐渐地化解。在许多硝烟战火的日子里，他总是想起沈阳的家，想起那里寒冽的铺天盖地的大雪，想起爸爸妈妈和弟妹们。应征入伍时，他的母亲哭得呼天抢地，她说我的儿子回不来了，你不要去，躲起来！他的父亲只是把一只金壳怀表递给他，说，你小时候顶喜欢这只怀表，你带着它会时时想起我们。

田中掏出这只怀表，和紫萤谈起他儿时的情景，紫萤听见嘀哒的声音明亮如阳光，她羞羞地低下了头。以后，这只怀表传到了紫萤的手上，是在田中被日本宪兵押解出天福堂的前夕，田中说：我爱你。你看到它就像看到我一样。此刻他们只是沉浸在一种两情相许的巨大欢乐之中，如同两块燃烧的精炭，他们的脸颊、眸子喷溅出灼灼的火光。

紫萤无意中把窗子关上了。

窗外有一个黑影飞快地闪过去，凝重的夜色微微晃动了一下。那是金力。

当金力气喘吁吁地钻进客厅，张小宇正躺在一张竹睡椅上闭目养神，风凉如水，拂过他的身子，他的脑海里不停地出现楚雨充满才情的诗句，然后长叹一声。假若楚雨不是闻筝筝的侄女，他会很顺畅地进入往日的情境，好好地度过下半生的，眼下他只能处在一种二元矛盾之中，既因闻筝筝的关系而加倍怜爱楚雨，又因闻筝筝的关系时时想到自己长辈的身份。他用理智不断地杀死情感，情感却如离离原上草，一茬割了一茬又青。他听到了急急的脚步声，问，是金力吗？

金力毕恭毕敬地说，是我。老爷，田中在紫萤房里坐到现在，山盟海誓地说个没停，紫萤还把窗子关上了。

张小宇蓦地坐起来，然后说，金力，你不要对人说，我是喜欢你的，你回去好好歇着，让我来处理这件事。

待金力走后，张小宇悄悄来到紫萤卧室的外面，在一丛小树后躲起来。他愿意田中进入紫萤的感情漩涡，但不希望真正成为事实，否则他将为此而负极大的责任，他不愿做一个在职日本军人的泰山。他必须很好地控制这件事进展的过程，让金力和田中互相处于情敌状态，也使紫萤这个孽障永远陷在痛苦的泥沼之中，以泄对父亲和白苇的余怒。他觉得自己很自私很可耻，但他不得不这样做。

窗上的两个人影正叠合在一起，张小宇当然可以想象出是怎么一回事。他和楚雨却不能这样，楚雨并没有什么戒备心理，而是自己不能跨越心理的障碍，以致不能获取人世间的极乐。他听见莫名的妒火噼里啪啦地燃得山响，眼珠子几乎要暴突出来。

屋里的灯熄灭了。

张小宇悄悄地潜到窗前，如一缕鬼影。

已过午夜，天上无星无月，美好和丑恶都在黑暗中繁衍。

张小宇细听了一阵，估计是时候了，兀地溜到窗前，猛地把门敲响。声音宛若铁锤，击打在夜的铁砧上，火花四溅。任何人在绝无准备的心情中听到这种声音，都会吓得全身瘫软，魂魄出窍。

接着，张小宇用严厉的口吻，说出一串日本话来。田中先生，自你来到天福堂，我是十分欢迎的，甚至对于你和我的女儿成为朋友，也是非常赞成的。但中国是一个礼仪之邦，男女之间的事尤其注重庄严的礼节，只能在拜过天地后才能有鱼水之欢，否则被视为伤风败俗，做父亲的也没有脸面，请你体谅一个做长辈的心情。我走了。

张小宇走了。

田中也蔫蔫地走出来，他感到羞愧。

紫萤嘤嘤地哭泣起来。

张小宇的敲门声，正响在田中和紫萤即将进入一个美丽的过程之初，随后的叱责使田中冷汗淋淋。在此后的日子里，紫萤尽力想弥补和挽救这种遗憾，但处于亢奋状态中的田中，一旦和紫萤进入即将交接的那一刻，耳鼓上便有惊天动地的敲门声传来，使他立刻瘫软如泥。他感受到自身阳刚之气的不足，产生的自卑和悔痛日益深重。但他们彼此之间的爱，却如中流砥柱，巍巍然。

这是我爹的阴谋，他在算计我。

不，紫萤，你如果这样想，我就更难过了，你爹是为我们好。等到战后，我要向你求婚，这一天会有的。我想，这场圣战也该到头了。

紫萤紧紧地抱住他。

10

1944 年的夏天，日军败局已无可挽回，但他们疯狂的挣扎却其势夺人。在长沙、湘潭陷落后，锋芒直指桂林、柳州、贵阳，希望迂回逼进重庆。但在湘省境内，顽强的阻击随处存在，日军死伤的人数日益增多。

就在这时候，田中接到宪兵司令部转来的命令：迅速监制一批医治刀伤枪伤的金创散送往前线。他向张小宇禀明了情况，张小宇说，行，行，你找金力就是。

于是，在药香浓郁的工房，田中和金力面对面地站着，不仅仅是一个日本人和一个中国人，而是一对情敌。

金先生，请你多多关照。

好的。田中先生，请先验药。

金力很不耐烦地指点着制造金创散的各种中药。这是象皮，就是大象的皮，先切成片，再用铁筛微火焙黄，碾成粉末；这是龙骨，这是枯矾，这是寸柏香，这是冰片，这是麝香，请你数点清楚。

田中在氤氲的药香里，陶陶然，为这些中药的配制而惊讶，至于那流血流脓的伤口他确实没有想起，枪声和厮杀声离这里已很遥远。

他说，早闻金创散的大名，据说一敷在伤口上，止痛、生肌、化脓血，金先生，你的学识太使我钦服了。

是吗？那么，你既验收完毕，请在这张配药单上签字，我们公事公办。

田中并没有感觉到金力的冷淡和不屑，抽出钢笔，在配药单上用中文签上“田中”二字。

田中先生，请用日文签名，将来少些麻烦。

田中愣了一下，又签上日文的名字。

从此刻开始，田中先生，你是不是在这里值班监制呢？

田中想起在后花园中等着他的紫萤，说，金先生，不必了，我们都是朋友嘛。

说完，便匆匆走了。

金力的嘴角叼着冷笑。

他突然厉声指挥工人们各司其事，一张脸凶气四溢。一刹时，各种声响沉宏地响起，药物的尘末飞扬在空气中，使

1944 年的夏天芬芳扑鼻。

金力走进宽敞的配药房，掩上门，在一把木靠椅上坐下来。配药房此刻只他一个人，几束阳光从明瓦上射入，也染上一层稠稠的药香。他听见后花园里传来田中和紫萤的笑声，在阳光下明洁如水晶，想象他们在捕捉蚱蜢和蝴蝶，这些孩子的游戏对他来说确实索然无味，在江西乡下的老家，小时候他见得多了。他清楚地记得，他来到天福堂的时候还不到十三岁，一把油纸雨伞，一个小包袱卷，一副瘦伶伶的骨架，阳光下的影子单薄而又寒酸。

张小宇问，家里有些什么人？

爹。一个哥哥。一个姐姐。

你娘呢？

我六岁时她就病死了。

张小宇恻然，对账房先生说，给这孩子买两件衣服，没娘的儿，可怜。

后来金力才明白，张小宇少年丧母，他对他的怜悯和青睐，皆出于此。

金力一门心思就是想熬出个人样子来。

他做过杂役，每天挑几十担井水，冬天都是穿一双结着冰凌的草鞋；做过药工，切药、筛药、烧火、熬膏，冬天只穿一件单褂子。五年前，金力的爹亡故，电报打来了，张小宇找了他来，给他二十块光洋，十天假，让他回去料理丧事。他到邮局把钱汇走，发了个电报，仍然回工房干活。他要让张小宇留下好印象，他绝对地以天福堂为家。

三天后，张小宇对他说，家里的事我派了人去帮忙，另外再带去二十块光洋，你放心。从明天起，你去配药房，由老师傅指挥你。

金力在一种极度的喜悦中，给张小宇磕了三个响头。

不到三年，金力把很多配药的本领都学到了。他说，张老板，配药房有我一个人够了，其余的可以辞退，省一笔开支。

几个老配药师被辞退了。

金力好得意。

一方阳光移到他的脚边，使金力立刻想起了后花园中的田中和紫萤。他站起来，在屋里来回踱步。他希望有一天成为张小宇的乘龙快婿。希望成为天福堂的老板，而且他相信很有把握。但当田中来到天福堂后，他深感他的计划受到威胁，紫萤对他更加冷漠和疏远，他当然不能善罢甘休。他的脑海里突然跳出“无毒不丈夫”这句话来。

这个下午金力在配药房所思考的一切，没有第二个人知道。正如他将来的死，除了紫萤知道，再没有第二个人知道一样。

他窜出配药房，把正在切药的一个工人支开，坐下来，握住刀柄，沙沙地切起甘草来，刀刃上风声呼呼响，一把一把的甘草呻吟着，化作了一大堆金黄的片儿。

11

田中赶到华南大戏院时，天已经完全黑了，街市的灯光浑黄如浊泥。天气有些闷热，连麻石路面都蒸腾着汗气。厚厚的云层之上，响着隐隐的雷声。他是刚从天福堂的工房里赶来的。所有配制金创散的药末，在他和金力的监视下，由工人们搅和到一起了，装在几个大铁箱里，盖上笨重的盖子，并贴上封条。金力又一次让田中在一张验收单上签下日文的名字，这些药末将装入葫芦形的药瓶里，然后送到宪兵司令部再转运到前线。

金力对哑巴龚四说，你守着，今夜你在这里值班。

金力和田中是同时走出工房的，金力说，今晚我们找一个酒馆去喝几杯？田中说，张先生和紫萤在华南大戏院等着我。金力说，那就不勉强了。田中匆匆地走在半明半暗的街市上，顺着金力怨恨的目光。

1944 年夏天天福堂的故事在这个无星无月的夜晚，悄悄走向它的高潮。而这个故事在时光的隧道中，逐渐淘空它实质上的内核，被重新装配上一种全新的注释。田中在行走中，所有的意念只是尽快走到紫萤身边去，在一个包厢里共同观赏中国的经典艺术京剧。他不知道他人生的戏剧正在接近尾声。上午，紫萤兴冲冲地找到田中，娇娜地告诉他，我爹说，商会从武汉请了一个京剧班子来，今晚在华南大戏院演出第一场，爹订了一个包厢，特地要我请你一起去看戏。有生以来，紫萤的话语中出现了“爹”，那个“爹”字说出口时她有一种陌生的感觉。

田中找到张小宇和紫萤的包厢时，舞台上猩红的幕布正徐徐拉开。紫萤看见猩红的大幕拉开时心情特别的好，同时生发出一种内疚，感到这么多年来对爹的冷淡实在是没有道理。她问张小宇，爹，今晚是什么戏码。《空城计》《贵妃醉酒》《四郎探母》《三岔口》，压轴戏是《霸王别姬》。张小宇笑得很亲切。他回答紫萤时，恰恰看见田中进来了，忙殷勤地让田中坐到紫萤旁边，再招呼跑堂的送来洗脸把子，以及瓜子、花生、浓茶和一大盘切好的西瓜。

张小宇说，我是陪你们来看戏的。爹觉得很累。我边看戏边养神，睡着了也别叫我。你们只管吃东西和看戏。两个年轻人高兴地答应了。

在锣鼓和京胡声中，舞台上的戏剧一幕幕地展开。张小宇对这些戏熟悉极了，就像他走过了人生的许多岁月，有了一种冷眼旁观的经验。他把头靠在椅背，闭目养神，耳朵却在聆听田中和紫萤的动静。白天，他告诫金力，这批药品是皇军要的，田中责任重大，千万疏忽不得，出了事，田中可就完了！金力恨恨地说，我知道。他说，大丈夫敢说敢干，为自己活！金力又说，我知道。

张小宇装着睡过去了，居然有了轻微的鼾声。

紫萤，这诸葛亮很有心计。

对，这空城计玩得几多从容、漂亮。

张小宇心一惊，但鼾声依旧。到他们谈论贵妃的寂寞和孤独时，他的心才落下来。

杨四郎做了异国的驸马，却愁得不行。

田中，假若有一天你将留在这里，你会怎么样？

我会很高兴。

田中悄悄地握住了紫萤的手，轻轻地抚着，感受到一种玉质的光洁与清凉。田中看见紫萤的眸子里盈满了泪水，灯火灿亮在那一汪纯情中。

等到演《霸王别姬》时，田中说霸王太残酷了，他为什么要一个美人去死呢，他可以带着她走，或者他先自杀，也许后一条路更符合一个男人的选择。田中的话似乎应验了他日后的行动，他为了紫萤和天福堂，真的剖腹自杀了。

散戏时，已是深夜两点。

张小宇醒了过来，说，我们去洞庭春吃夜宵吧。

走出戏院，满街湿漉漉的，原来刚才下了一场雨，空气变得清凉爽人。紫萤挽着田中的手，走在干干净净的麻石路上，灯光在一汪一汪薄薄的水上跳动，一切都充满了诗意。

张小宇说，我领你们去吃脑髓卷、银丝卷、炖猪脚、臭豆腐，田中你说好不好？

田中说，非常感激您的款待，这个夜晚我永生难忘。

当田中和紫萤坐在包厢里谈论贵妃的寂寞时，在工房里值班的龚四猛地感到了寂寞难耐，他看着灯光下无声的影子，单薄而可怜。他知道今晚田中和紫萤随着张小宇去观赏京剧，那是一件何等快乐的事。在金力和田中走出工房后，他预感到今夜将有一件大事发生。他在极端无聊中取来了几瓶虎骨酒，他仰脖灌酒时看着美丽异常的琥珀色液体流入他的口中，觉得这种色彩染遍了他的全身，在微醺时他嗷嗷地叫着，深恨自己竟是一个哑巴，一个天福堂的杂役，紫萤连一个眼色也不愿施舍给他。他很自制地伏在桌上睡去，其实并没有睡着。

龚四在 1944 年夏天的深夜，机警地发现金力溜进了工房，在他身边站了好一阵，再飘进配药房，接着他听见急促而慌乱的搅拌药末的声音。他完全明白金力正在这些配好的药末中掺进某种有害物质。金力当然会小心地做好一切，诸如开启封条和贴上封条，绝不会留下痕迹。

龚四纹丝不动，心头反而平静如水。在金力离开工房时，他的嘴角漾出一抹笑容。

12

楚雨坐在浓绿如盖的葡萄架下，星星点点的阳光在阔大的叶片上跳动，细细的风穿过叶隙，如梦一般的轻盈。身旁的竹睡椅上张小宇睡得正香。楚雨看见张小宇的鬓角已有花白的霜痕，额头已嵌着浅浅的皱纹，想象他活得实在太累。

他们交往已经好几年了，她不明白在床上时他为什么能静如止水，难道他不是一个真正的男人，难道他不爱她？细细推断似乎都不是。她弄不明白这到底为什么？她觉得她不懂得他，男人有时云山雾罩，让她猜不透。许多次她都禁不住去脱张小宇的衣襟，爬在他身上去咬他的肩膀，密密的齿印一定让他痛到心尖，然而他无声无息，如一段木头。

她说，你不喜欢我，为什么要为我赎身，为什么要好好地养着我，还不如让我去当妓女，那总还可以算是一个女人！张小宇突然支起身子，狠狠地给了她一个耳光，然后又抱着她说，楚雨，楚雨，我的心好苦，你不要逼我，你若爱我，就让我这样，有一天我会告诉你这是为什么。

以后，楚雨再没有逼过他。

早几天，张小宇突然告诉她，以后我晚上会来得少了，但我会白天来。

为什么？

你不要多问。

她注意到他的眸子，分明潜藏着许多的惶恐不安，她看到她在他的眸子里是一个很孤单的影子。

你要永远不离开我。

好的。只要我还在这个世界上。

张小宇总是在午后溜到这里来，在葡萄架下睡一个凉风觉，夕阳西下时恋恋不舍地离开。

楚雨看见睡梦中的张小宇嘴唇动了动，流出一串含混不清的语音。……命令……总部……日军伤员……军统……下毒……

楚雨企图从这些字眼中找出线索，以判断在张小宇身上或天福堂里发生的事情，但任她想痛脑袋，也理不出一个头绪。她推醒张小宇问，你刚才说什么？

张小宇揉揉眼睛，说，我刚才说了什么？

楚雨说，只看见你的嘴唇动，听不清你说什么。

张小宇说，人人都说梦话的，你也说过。

是吗？楚雨好看地笑了。

假如有一天我不在这个世上了，你会怎么样？

我出家去。楚雨说。

张小宇沉默不语。

院子里的柳树上，传来脆亮的蝉声，很尖锐，深深地扎入张小宇的胸口。

楚雨，我害了你。

不，我害了你。

13

张小宇从宪兵司令部走出来时，正当中午，他看见日本卫兵的三八大盖上的刺刀，雪白地划在阳光下，阳光的丝缕在锋刃上一根一根地断裂。他朝卫兵点点头，从容而得体，他感觉到后面有怀疑的目光击打在脊背上，很冷。他款款地走在街市上，一团小小的黑影，压抑地缩在脚下，如一汪黑血。

他在被日本兵叫到宪兵司令部去之前，早从金力那里取来了有田中日文签名的配药单和验药单，他嘱咐金力不要胡来。在会客室里龟田司令很客气地接待了他，并屏退了所有的人。张小宇坐在沙发上，看着对面墙上龟田刚写的“武运长久”四个楷字，横枪竖戟，很有一派霸气。

张小宇突然问，不知阁下找我有什么事?

他用的是日语，流利得使龟田想起故乡东京。

龟田说，张先生，你可知道，上次运往前线去的大批金创散，敷在伤员的伤口上，伤口溃烂，甚至造成死亡。据化验，里面掺了大量有剧毒的轻粉，你的明白吗？龟田的目光变得凶残，凌厉地刺了过来。

张小宇装着吃惊的样子，然后说我是东洋的留学生，对贵国素有好感，您的上司金田丸和我同过学，否则，贵军也不会把如此重要的任务交给天福堂。金创散自面世以来，从未出过这样的差错。何况，配药师金力与田中都亲自监制呢。龟田司令，请看看田中签过字的配药单和验药单。张小宇的日语如流水行云一般，他为此而暗自得意。

张先生，我当然不会怀疑你，但是他们呢？嗯？

龟田司令，我只能担保我自己。但金力在天福堂已经十年了，是个很老实的小青年，以前从不敢做越轨的事。当然，还请阁下多方调查，谁都不要放过。

龟田接过配药单和验药单仔细地看了看。张先生，请不要惊动其他人，你可以走了。张小宇平静地和龟田握过手后走出了会客室。

炽烈的阳光在此刻透出凉意，张小宇依旧不紧不慢地走着，他知道他后面有化过装的人在盯梢，他不能有半丝的慌乱。在心底深处，张小宇有按捺不住的快意奔涌。他明白掺进轻粉的只可能是金力，这小子干得不赖，当然不是他明确指令的，这件事无论怎样调查都与他没有关系，受罚的只可能是金力和田中。但他希望金力能够安然无事，这对他和天福堂都有好处。他决定找田中好好地谈一谈。

张小宇和田中的这次谈话，是在张小宇卧室里进行的。薄暮时分，门和窗都关上了，屋里只有少量的朦胧的光线。他们面对面地坐着，空气凝重得使人窒息。

田中，我知道你和紫萤很要好，这一点使我欣慰，我希望你将来对紫萤好。

我会对她好的，田中说。

今天龟田司令把我叫去了，天福堂出了件很了不得的事，上次运走的金创散中掺进大量的轻粉，致使皇军的伤员受到摧残，我非常痛心。

田中惊呼起来，我验的药，不可能。

我知道你不可能，干这事的只可能是金力！但你在监制，责任是推不掉的。

田中蔫下了头。

金力为什么要干这件蠢事，是因为他一直爱着紫萤，自从你来了后，紫萤对你特别好，他就生了妒忌，想以此来报复你。但他这样做，作为一个中国人可就危险了，一旦查出是他，紫萤会被看作是他的同伙，我也会受到牵连。我倒不要紧，反正老了，紫萤怎么办?

田中在张小宇哀婉的叙述中，忽想起霸王别姬的故事，庄严地说，我要保护紫萤。

我很感激你的见义勇为，其实事情并不难办。轻粉素有止痛、化脓、消肿的作用，我们的治毒疮的膏药中常用。你说你想增加金创散的效力，背着金力加了轻粉，只是没有经验，剂量下大了，故造成了事故。你是日本人，龟田会手下留情的。紫萤也就保全了。

这一次谈话的内容，在他们走出这间屋子时，即消逝了。在未来的岁月里，事实成为了另一副模样，或者说历史往往失去它的真相，茫茫然不可探寻。

今夜有淡淡的月色。

田中有礼貌地劝止了还要往前送的张小宇，一个人悄悄地来到后花园里。在泛着光的罂粟花丛中，他看见了身着洁白旗袍的紫萤的背影。美丽的飘逸的背影使田中激动不已。作为一个男人能得到紫萤的爱是一种巨大的幸福，为了这幸福他可以赴死，何况后果并不会那么严重。他不会告诉紫萤事实的真象，但以防万一他应该将金壳怀表作为信物赠给紫萤。

就在他走向紫萤的时候，日本士兵已经将天福堂围住了，刺刀的寒光令街市蓦地一亮。

田中走到紫萤身边。

田中，你看罂粟花开得多好。

是的。紫萤，我想送样东西给你。我爱你。

什么东西？

这是只旧的金壳怀表。你看到它，就像看到我一样，我永远在你的身边。

紫萤接过怀表，她听见嘀哒的声音渐强渐重，充满了整个后花园。

紫萤情不自禁地抱住了田中，尽情地吻着他。然后坐下来，说着许多动情的傻话。

有一片云彩遮住了月光，温柔的黑暗紧紧裹住了他们。

他们倒在罂粟丛中。

夜深了。所有的人都进入了梦乡。

田中抚着紫萤洁白的胴体，像抚着一件艺术品，然后使劲地吮吸紫萤的乳峰。紫萤开始大口地喘气，扭动着身子，用手箍着田中的腰。她说，田中，你来吧，你一定行。田中点点头，眼里有泪光闪烁，他低低地嗥叫一声，企望把脑海里留存的敲门声屏退，但不行，敲门声排山倒海席卷过来，他瘫在紫萤身上，轻声啜泣起来。紫萤，我对不起你。他把头拱在紫萤的胸脯上，像一个做错了事的孩子。

14

等到紫萤知道午夜后的天福堂发生的一件大事时，已是太阳升起很高了。她昨夜太累太累，倒在床上便沉入一个久远的梦中。那个梦是一个很动人的故事，从她和田中相识，一直到坐在花轿里，花轿浮动于一派喜气洋洋的鼓乐之上，轻若云彩。但田中的家并不在日本，就在这条平政街上。他们拜堂，进入豪华的洞房，鸾凤红烛高烧，闹房的人早已离开，门已经掩上了。田中把她抱到床上，在朦朦胧胧的烛光中，开始做一件非常美丽的事。她笑醒了过来，阳光已金黄了半屋子。她洗濑罢，梳妆罢，便想去把这个梦告诉田中。在卧室门口，碰到惊惶失措的张小宇，惊惶失措的步子显得有点夸张。

紫萤，不好了，田中和金力被日本宪兵抓去了。

紫萤愕然地望着张小宇。为什么？

不知道。你别着急，爹已经派人打听去了。

你应该知道。你不会告诉我。

一刹那，紫萤的目光冰冷冰冷，梦中所余留在脸上的幸福的痕迹早已收拾干净，一如从前。

张小宇说，我真的不知道。他显得有些慌乱，然后急匆匆地走了。

紫萤款款地步入罂粟中，她寻找到昨夜她和田中幽会的地方，有一小片罂粟倒下了，花瓣零落飘散，如有棱角的瓷片，在阳光下惨白惨白的。她一直站到近午。当金力气宇轩昂地回到天福堂时，她第一次急切地跑到金力面前，可怜地望着金力。张小宇这时也慢慢地踱过来。

张小宇早就预测到了这个事件的结果。在与田中谈过话后他找到金力，嘱咐他怎样应付龟田的问话。

金力，快告诉我，田中怎么样了？张小宇焦急地问。

金力冷笑了一下，说，我们同时被叫到龟田的审讯室，狼狗汪汪地叫，日本兵赤胸站在两旁，挺吓人的。

随着金力的叙述，他们清楚地知道了事情的全过程。

金力有条有理说明他与这件事无关，配药和验药时田中在场，并签字表示对一切很满意，至于田中何时掺进了轻粉，他不知道，紫萤和张老板也不知道。

田中鄙夷地望了金力一眼，然后把张小宇教给他的话说了一遍。话音刚落，龟田咆哮起来。你是一个叛国者，一个反战分子，不，这件事不仅仅是你一个人干的，还有谁？

是我一个人干的。田中坚定地说。他想假若紫萤也在这里，她一定会为他的回答而高兴。但我没有恶意，龟田司令，我再次向您表明我的态度。

但你想过没有，田中。龟田说。你的同胞在伤口上敷了这种金创散，伤口大面积溃烂，毒气侵骨，又不能及时抢救，一直疼痛致死！你对得住他们吗？

田中呜呜地哭起来。

龟田从腰中解下军刀，扔到田中脚边，叭地一响。

你有罪，你应该用自己的生命来表示忏悔，你比你身边的这个中国人都不如。你死吧。

田中拾起军刀，用手指在刀刃抹过去，铿锵有声，空气里便有了一种金属的气息。

田中说，金力先生，请你告诉紫萤，我对不起她。请你以后好好照顾她吧。

金力全身瑟瑟发抖。他觉得自己活得很猥琐很卑鄙。

田中双手紧攥力柄，刀尖按在腹部，然后大叫一声，刀尖噗地刺进了腹部并使劲搅动了几下。血的声音奔涌而出，射进屋子里的阳光红得很恐怖。田中倒在地上。

龟田钦佩地凝视着田中的尸体，说，抬出去，好好地祭奠祭奠。然后烧了，把骨灰寄到他家里去。

金力瘫软在地上，一大摊腥血漫到他的脚边，很稠很酽。

张小宇骂了一声，他妈的日本人，够毒的！

紫萤一声不吭，沉静地走开了。田中死了，她的所有希望都破灭了，是谁夺走了她的幸福？这个人是她不共戴天的仇人！她不相信田中会干这种蠢事，田中不会懂得金创散的配方，更不会去改配方，有人让田中自动地跳进了陷阱。她如一只悲伤的小鹿，发疯地奔到自己的卧室，倒在床上恸哭起来。哭累了，从枕头下取出田中送她的金壳怀表，用舌头使劲地舔着、舔着。

一个月后的一天下午，金力到城西的唐兴寺去烧香叩拜。因天福堂捐资修过唐兴寺，故寺僧对金力十分殷勤，硬留着吃了一顿斋饭，再赏过一番明月后，他才轻松地走出寺门。他出寺门后走到江边的石子垴附近，看一江盈盈的月光缓缓流动，有几点渔火闪在江边柳荫中，很像一幅画。就在这一刻，他感觉到身后有响动，来不及回头，便听见有枪声从背后穿入他的身体，月光开始破碎，渔火溅到了半空，随即就倒下了。

这场月光下的暗杀，连同他第一次与田中在工房的交锋，组成了一个悲壮的传说，在古城一直传颂至今。

谁是凶手？谁是幕后操纵者？只有那晚的月光和风知晓。

那一晚，紫萤的卧室里灯火通明。

她在书写一幅中堂，用的是老尼对她和田中说的偈语：住也总难住，去也终须去，石破天惊日，皆是风尘误。隶字，极端庄遒劲。

后来，紫萤把这幅中堂挂在大客厅里。张小宇每当坐在客厅，不敢直视它，觉得字里行间有腾腾杀气扑面而来。

这幅中堂一直保存了许多年，在龚四和紫萤组成的那个没有孩子的家庭里，它挂在一堵石灰脱落的墙上，任其染洒岁月的风尘。紫萤常痴痴地地打量这幅中堂，恍若隔世。在1966年的那个春天，紫萤已经重病在床，她呻吟着对龚四说，把它烧了吧。然后再把那只金壳怀表交给了龚四，便溘然而去。

15

一直到抗战胜利，日军再没有让天福堂提供过他们所需的药品。在日军即将撤离古城的前夕，龟田司令戎装凛然地到天福堂来向张小宇道别，他甚至连茶都没有呷一口，只是礼貌地小坐片刻。然后很慎重地告诉张小宇，关于金力的被杀绝对与他们无关，他可以用人格担保。张小宇为他的坦率而惊讶，若有所思地点了一下头。客厅里没有其他人。在龟田离开天福堂后，张小宇在一本《天福堂事略》的册本上写下一行字：金力于 1944 年夏被日军暗杀于城西石子垴。

在田中死后，紫萤极少在众人面前出现，她待在卧室里，三顿饭都由龚四送去。龚四为领得这样一份差事而高兴。他在把饭菜从食盒中端到桌子上后，悄悄地坐在一边，看着紫萤慢慢地咽和嚼，那一种带着感伤的优雅令他羡慕不已。后花园日渐荒芜，本属于龚四的锄草剪枝清道的活计，紫萤说不必去做，她说荒凉的园子也是一种品位。龚四觉得困惑。

后花园真的荒凉起来，草棵子长得很高很深，带着墨蓝的绿意含有一种颓废和死亡的气息，罂粟、颠茄和七叶一枝花掩埋在肆虐的绿意中，各色的花开得很忧伤。张小宇每每经过后花园时，感觉到鬼气森森。园子里夜深人静时有鬼影飘荡，男男女女，喧喧嚷嚷，好几个佣人都亲眼看见和听见。

紫萤常在午夜过后，一身洁白地游动在后花园各处。夜使她感到亲切，她甚至渴望在园子里遇到张大宇、白苇、田中和金力，她想和他们交谈，弄清在她出生前和出生后天福堂所发生的一连串事件的真相，她真的见到了他们。她的骇人的大笑回荡在空空的园子里，偶尔会惊起草丛深处的宿鸟。

龚四在某个角落窥视着紫萤，他预感到到未来的某一天，紫萤将成为他的妻子。这种预感后来成为了现实。

在1948年秋的某个深夜，寒露点点滴滴响在纷乱的草叶上，如散乱的珠子。

紫萤突然转过身来，对着不远处的一团暗影很亲切地说，龚四，你过来。

龚四畏畏缩缩走近紫萤的身边。

龚四，你喜欢我吗？

龚四压抑着哇哇的声音，头点得如鸡啄米。

那么，你愿意为我去办一件事吗？

龚四又点头。

假如这件事很危险呢？你怕不怕？

龚四摇摇头。

紫萤突然恶狠狠地说，我恨张小宇，我知道田中的死与他有关，金力不过是冤死鬼，我后来才想明白。你如果愿意替我办这件事，我愿意嫁给你。但是你要终生恪守这个秘密。

龚四笑得一块脸都斜了。

你知道天福堂正在为国军提供金创散这种药品，你在配好的药末中掺上轻粉，像金力当年一样。让张小宇也尝一尝死的滋味，你敢不敢？

龚四拍拍胸膛，咚咚响。

龚四猛地窜上去，抱住了紫萤。

紫萤没有挣扎。

在深深的草棵子里，龚四把紫萤的衣服剥了个干干净净，野蛮地压在她身上。

她的眼里噙满了泪水。

她知道这不是爱，她和龚四毫无情感可言，只是一种交换，用她可贵的贞节换取龚四一次勇敢的行动。甚至贞节破裂的疼痛，也让她理解为人生的磨难。

当完成这个过程后，龚四殷勤地替她穿上衣服时，发现她的两腿间有稠酽的血。哑巴为此感动得哭了。他抱起瘫软无力的紫萤，一直送到紫萤卧室的床上。

此后所发生的事与几年前的那一幕酷似。只是掺轻粉的主角换成了龚四，而受到军法处置的却是张小宇。运筹帷幄和冷眼旁观的紫萤有一点没有想到，张小宇完全可以将龚四和紫萤端出来。因为在盛药末的铁箱边，张小宇拾到了龚四遗落的一个烟荷包，由龚四便推测出只有紫萤可以指挥这个哑巴干这件掉脑袋的事，因为哑巴希望得到紫萤。在张小宇被国民党宪兵逮捕的前夕，他把龚四找了去，很亲切地说，我已经活得很累了，我愿意去死，这是报应。我知道是你干的，紫萤指挥你干的。我本可以把你交出去，在军统方面我有朋友。但是，紫萤将来会孤苦伶仃。我不可能喜欢她，你却可以好好地伴随她。这是我对她的一点补偿。这件事你不要告诉她，她的满足感会更强烈一些。她选择你是对的，你是一个不识字的哑巴，你可以永远地保守秘密。

龚四扑通跪下来，请求张小宇原谅。

张小宇叫他起来。我有一件事要托付你，你将这包金条和这枚田黄石印章想法送到楚雨那里去，她是我心爱的女人，让她好好地生活。天福堂的大门已经封锁了，你从工房后面翻墙出去。你不要告诉任何人。

龚四泪流满面地答应了。

据目击者说，张小宇在刑场，面对枪口而立，带着微笑，初升的太阳灿烂在他的微笑里。一排子弹射过来，他巍然伫立，许久才倒了下去，胸口的血溅得老高。

宪兵司令部张贴的布告上说张小宇违抗命令，无视法规，于药品中下毒摧残在前线作战的国军。

这张布告竟被人收藏，“解放”后献给了古城的革命历史展览馆。张小宇便变成了一个顶天立地的烈士。

据说，张小宇身边的那摊血三日后颜色仍鲜红似火。

16

在海会庵观音菩萨的神龛旁，老尼慧云端坐在蒲团上，闭目诵经，轻轻地敲打木鱼。香客流水般从她身边走过，许多人往功德箱里塞钱，然后虔诚地对着观音菩萨跪拜。她心静如止水，往事皆已忘却。

来古城天福堂投资的鸠夫，白发苍苍，由许多人簇拥着默立在观音菩萨前。

慧云微微睁开一下眼，又缓缓闭上。

假若有某种机缘的话，他们是应该有着一些共同话题的。一个是当年田中的弟弟，一个是张小宇的情人。楚雨出家受戒的时候，正当刑场上张小宇中弹，倔犟地直立，胸口的血把一大片的阳光染得猩红。但使鸠夫和慧云相识的机缘已经没有了。陋巷中的哑巴龚四衰老地存在着，他无法知道当年楚雨的下落。于是，鸩夫和慧云形同陌路之人。

香烟缭绕，烛光闪闪，木鱼却在时间的长河上伸延，很亲近，又很遥远。

院子里一树茶花开得嫣红似火。

为尊者讳

1

古人一再告诫我们："为尊者讳。"这话的意思是：要忌讳谈论尊者的并不辉煌的行状，否则就是不敬了。

作为人之父，理应是尊者之一。

2009 年的盛夏，在父亲故去后的第二十五个忌日，我和弟弟金木坐在老屋的天井边，说起了我们对他的种种印象，并抽象出"逃离"这两个字眼。当时，我们突然发现这两个字眼竟然是父亲整体生活的写照，或者说是他的一种最主要的生命形态，我们为此而惊诧不已。

父亲一生中的大多数岁月都处在一种逃离的状态之中。

这栋老屋已有百余年的历史，它倔强地嵌在古城湘潭这条深长的小巷之中，高墙厚壁，有如一个不变的时间单位。盛夏炽热的阳光被拒绝在很高很厚重的屋脊之上，几块小小的明瓦偷摄下黄昏时的回光返照，老屋里的光线充满了凉意。天井边古旧的石缝里，衍生着褐黑的苔斑，岁月的沉积显得非常难看。天井里一年四季都飘荡着湿润的气息，似乎在不停地风化着一种什么物质。我和弟弟的脸上都流动着一些古怪的暗影，彼此都似乎感到在回忆和叙述中慢慢走向衰老。

八十多岁的母亲，厮守着这栋老屋，在烦琐的家务中早已走到了生命的最后驿站，她没有一个日子属于公家的单位，她不朽的功绩是作为父亲的贤内助把几个子女抚养成人。她几乎目不识丁，这是她一辈子深以为憾的事情，为此她间或会抱怨我的那位曾拥有不少田地和几爿布庄的外祖父，只安排我的舅舅们去读老书和洋书，却对她重复“女子无才便是德”的蠢话。但现在看起来，人生识字糊涂始，她不识字却真是不糊涂，她的岁月从容而没有坎坷，以致到如今还没有多少白发，耳聪目明，手足灵便，而思维绝对的清晰。当我们说到关于父亲“逃离”的话题时，母亲从卧室里走出来，惊奇地问：“你们说什么？你父亲在‘逃离’什么？”

2

按照我们准确的推算，父亲关于逃离的第一次历史性的行动，是在他十一岁那年。

在祖父叶悟先的七个子女中，他排行最末。他出生在我的老家江西新干县三湖镇，那是一个清朗的秋天，遍野开着金黄的菊花，祖父和几个朋友小聚微醺时听到了这个消息，便立刻给父亲赐名为“菊纯”。但不久我的这位祖母便得病鸾驾西归。祖父为此而伤心落泪。祖父的原配夫人给他带来五个子女，死后续弦的这位祖母，生了六伯祝纯和父亲。此后祖父又娶了一位出身贫寒的尧家女子，他希望这位族谱上称之为叶尧氏的女子比出身富庶家庭的女子长寿，以伴随他晚年的光景。叶尧氏不可能再有子裔，因为祖父到底年老力衰，无法使他的种子在年轻的处女地上开花结果。

作为我们家族史上的一个奇迹是拥有田产和店铺，而且曾中过秀才只是在摘取举人桂冠的考试中不幸落第的祖父，后来竟成为了为穷人奔走呼号的中共地下党员，在商会会长的身份掩护下，为井冈山革命根据地筹集、运送粮草和经费。祖父热衷于这场空前的政治活动，大概从 1926 年始，终结于 1931 年秋。由于叛徒的告密，他在一次出外途中，被国民党军警劫捕。与他正要接头的一位同志，迅速来到三湖镇的叶家宅院，通知我的祖母叶尧氏赶快携带我的父亲撤离。在 1931 年，叶家宅院除佣人外，只有祖母和父亲两个人。父亲的哥哥们，都已离开家庭，而且多在外省。比如大伯顺纯在湖南湘潭开着一爿颇具规模的药材行，六伯祝纯在长沙的一家药店学徒。据父亲后来的回忆，他当时正在开着菊花的后花园中寂寞地玩耍，追捕翩翩起舞的黄蝴蝶，探寻蟋蟀的吟声来源于哪一处石砾。十一岁的父亲的视域里充满了对大自然的种种新奇和幻想，他并不知道他将开始一次惊心动魄的逃离，而且这种逃离的意义将影响他整整一生。

父亲听到啪啪的脚步声响到后花园里来，没有裹过脚的叶尧氏神色慌忙地一把抓住了他的手。父亲以为又做错了什么事，将面临一场彻骨痛心的惩罚。这位后母经常性地会以种种借口惩罚这个不谙世事的孩子，父亲一看见她就惊恐不已。

父亲怯怯地叫了一声："妈。"

叶尧氏第一次用十分平和的口气对父亲说："你父亲被白匪抓走了，我们赶快逃，他们要斩草除根的。"

"妈，我怕。"

"菊纯，莫怕，有妈在。"

父亲突然感动地哭了。

祖母抓住父亲的手，从后花园的角门跑出去，穿过小街小巷，然后奔上一条蜿蜒的山路。就在这时候，他们听到了不远处响起的枪声，撕裂着成片的秋风。

出身于农家的叶尧氏自小熟谙耕耘家事，身体是极不错的，在父亲跑不动的时候，她背起了父亲。父亲伏在祖母汗水濡湿的背上，热烘烘使他感动不已，他不停地呢喃着："妈，妈，妈……”祖母也不厌其烦地应答着。在这一刻，他们之间的长久的淡漠如春冰融解，都有了一种相依为命的感觉。在摇摇晃晃的脊背上，父亲偶尔朝山下望去，发现有一些黄点正朝这里跟来，接着又听到了枪声。他惊恐地说：“他们追来了，妈。”

“不怕。菊纯。他们追不到。”

父亲感觉到祖母的声音里有一种压抑不住的快意，这使他很奇怪。

傍晚时分，他们逃到山中的一座破山神庙里。山神庙很大，阴森森的，香火冷淡了不少岁月，神案上覆着厚厚的灰尘。在神案旁边横搁着一面很大的牛皮鼓，一端的鼓皮几乎没有了，另一端的鼓皮上有星星小孔。这时候，分明听得很远的地方有脚步声和人声朝这里涌来。

父亲说：“他们又追赶来了。”

在许多年后，父亲向我们叙述这次逃离行动时，不断地会出现“他们又追赶来了”这句极具象征意义的话，并且带有一种惊悸的表情。

祖母搂着父亲躲进了那面破鼓，并把它竖起来，有星星小孔的那一面横在他们蹲着的头顶上，好像一座瓦瓴残缺的极小的巢窠。里面一片漆黑，父亲蜷缩在他母亲的怀里，母爱的温暖非常真实地熏染着他，逃离中某种安全感使他疲惫地睡着了。

脚步声、吆喝声震撼着神殿，甚至有枪托把鼓帮擂动了几下，然后走了。

父亲在枪托擂响鼓帮时醒过来，他有一种想喊叫什么的欲望，但是祖母厚实的手掌恰如其时地堵在他的嘴上，憋得他非常难受。他便用牙齿咬着祖母的手掌，他分明听见齿尖切入皮肉的利索的声音，接着粘粘腻腻的液体带着咸味和腥味渗入他的嘴里，那是血。他吮吸着，如同吮吸乳汁。

靠着祖母出门时塞在怀里的两个月饼，他们在破鼓里度过了暗无天日的三天。饥渴和惊恐使三天变得十分悠长。父亲说起这三天的感受时，说："那简直就是一辈子。"

第四天凌晨，祖母带着父亲悄然下山，躲到一家亲戚家去。然后找了一个可靠的人，将父亲护送去了湖南湘潭的大伯家。而她自己则开始了对祖父的营救工作。

营救工作自然是毫无成效的。祖父作为政治要犯在被捕后，当即解送到南昌的"反省院"进行诱降，但在种种软硬兼施之后他仍不肯在"自白书"上签字和吐露他所知道的秘密。白匪便将他绑在一个笨重的大木架上，有如耶稣，然后将生石灰埋至脖颈，在生冷水疯狂地泼下后，生石灰开始爆裂呼啸，水雾白茫茫地升腾，最后祖父皮肉尽脱，木架上笔直站着一个白骨森森的形象。据说他的头颅并没有垂下，双眼睁得很大。许多年后我到南昌采访，在革命烈士纪念馆的死难烈士花名册上，我找到了祖父的名字，上面只是轻淡的一笔：叶悟先牺牲于1931年。而那些木头架、生石灰、白骨都被省略了，历史有时会变得非常抽象。

父亲知道祖父惨死的消息，是在一个月后的一个深夜。大伯顺纯把他从梦中叫醒，在暗淡的电灯光下，抖抖索索展开祖母托人写的一封长信，详细地描述了祖父被害的情景。父亲回忆他当时吓得浑身发抖，十一岁的孩子还无法承受这种惨绝的情节，他扑到他哥哥的怀里。比他几乎大了廿岁的哥哥，用一种慈父的情感抱住了小弟弟，整个晚上都用来抚慰他惶然的灵魂。

大伯在安慰父亲不要怕不要怕的梦呓般的声音里，间或一句："父亲怎么会去搞政治呢？"

这个追问一直困扰着祖父的子女们，而且使他们开始了精神上的逃离行动。在以后的岁月里，他们大多从事商业活动，国恨家仇没有激发起他们的慷慨豪举，因而都极平庸地度过了他们的一生。稍稍有点意外的，是六伯，他在长沙学徒，处在政治的热带，一腔热血未冷，以为要报父仇必手中有枪杆子，从药店逃出去报考了黄埔军校，尔后又读保定警校，做到了中校督察，但历史给他开了个巨大的玩笑。他竟然站到了杀害祖父的那个营垒之中，自然无法实现他为父报仇的理想，相反在

“解放”后被押解去了黑龙江的北大荒改造思想。

1986 年夏天，我应邀到新干县为业余文学爱好者讲学期间，在叶家老屋第一次会见了六伯祝纯。他虽年近古稀，却依旧身板笔直，虎步咚咚。谈及我已过世的父亲，他不无感慨地说：“还是你父亲好，他的一生很平静。他并不是生性如此，只是因为他能悟出一种选择，并为这种选择身体力行。这是他聪明过人的地方。”

3

2009 年盛夏的这个下午，我和弟弟在湘潭老屋的天井边谈论父亲时，有一个共同的遗憾是在父亲遗留的照片里，没有找到他青年时代的迹印，因此十分好奇地猜测他年轻时到底是一个什么模样。据母亲的零星言谈，粗略地知道父亲那时候好交朋友，人缘极好，在生意场上很有信誉，喜欢写毛笔字，他自己店铺的招牌都是亲手所书，是一种很粗重庄肃的颜体；喜欢骑自行车，特别对英国的“三枪牌”情有独钟；喜欢喝酒，在商务之余，常与朋友出入古城的各大酒楼，每喝必醉，以致古城的许多人力车夫一见父亲去酒楼，都争先在门口候着，等待把醉眼蒙眬的父亲拉回家去，母亲在这时候便给车夫一块光洋。还知道他耳朵有点聋，是另一次逃离中留下的深刻纪念，这种并不严重的耳聋，在未来的岁月里给他带来许多实惠，在他对某些重大问题装聋作哑时，人们不以为怪。他很少穿西装，长衫是他惯穿的服饰。又说，父亲那时在药业界很受人尊敬，几乎所有的店铺只要见到他写的白纸条，见到上面印着叶菊纯的朱文印章时，不必携带现款便可取货。1980 年父亲退休时，曾把这枚朱文印章和一枚英文印章送给我作纪念。英文印章大概是和古城一些洋行打交道时用的。这两枚印章是寿山冻石，晶莹滑润，沉甸甸如一段凝固的光阴。母亲所说的，我们听起来多半很模糊，只有两件比较具体，因为余风流韵犹在，一件是写毛笔字，一件是喝酒。这两件事对我发生了影响，在文友中，都知道我喜欢写毛笔字，书信来往多是直行疾写，行草相夹，颇以尺牍为乐；喝酒在四十岁之前也颇有声响，一杯一杯复一杯，很少有醉的时候。

应该说弟弟对父亲的了解比我详尽一些，在父亲退休后，他顶职到了父亲工作过的那个离古城将近四十里地的马家河小药店，并担任过小药店的经理。弟弟说父亲在旧社会依靠业余自学成为一个中医，以后在马家河一带颇有医名，他为此感到惊异。他不能理解的是父亲“解放”后可以在这样一个相当闭塞的地方呆了近三十年，而他在此工作一年多时间就像是度日如年，最后终于想方设法离开小药店，到古城的地方志办公室去。尔后因写作显露头角，调到市文联。弟弟说：“那地方一落黑就寂寂无人，临江的半截街都关门闭户，什么文化活动也没有，我每夜都清冷得想大喊大叫。父亲居然可以活得有滋有味，奇怪！”

父亲的一生无疑是平淡无奇的，但在他的青年时代，难道祖父的那种政治抱负和才干就没有给他一丝半点的影响？

“不。有过。”弟弟一边吸烟一边陷入沉思之中，他想起他到地方志办公室后，在编撰古城药业志到档案馆查阅资料时，找到了一份1942年关于调解西帮（江西药材行的统称）与本地人一场血腥械斗的文件，在七人调解委员会的名单中，意外地发现父亲作为西帮的代表忝列其间。

对于这场械斗，在古城的一些史籍中都有过断断续续的记载。江西人在湘潭这个药都经营药材生意已有数百年历史，而且出现过许多名商大贾，在湘潭的政治、经济生活中占有很重要的地位。他们的药号药行药店只用江西人，而且待遇不错，这使东道主的子民们很不舒服，斗争和摩擦连绵不绝，械斗时有发生。1942年春的这场械斗，不过是长期斗争的一次升华，持续的时间大约有三个来月。

这场械斗的起因是江西会馆请了南昌的一个赣剧团来唱堂会，那晚唱的是《白蛇传》。江西会馆大门敞开，不少本地人都蜂拥而来，大院里如一锅沸水翻滚。我相信那晚父亲也在看戏，年轻时他是一个戏迷，何况又是家乡戏，乡音悦耳啊。江西人对《白蛇传》似乎特别欣赏，大概那位许仙也是一位医药界的人士罢。戏刚开始不久，台下就喝起倒彩来，湘潭人爱看花鼓戏，对赣剧的唱和念感到刺耳难听，觉得这根本就称不上是什么戏剧。有人往台上丢草鞋、扔砖头，狂呼乱喊。江西人觉得受了侮辱，觉得丢不起这个脸面，便将会馆的大门紧闭，把湘潭人关起门来揪打。那场混战，江西人自然占了上风。但第二天开始，湘潭人便纠集起来对江西人进行报复，双方的伤亡人数与日俱增。接着双方在武打之余，又玩起文唱的把戏，各自派代表去长沙、南京告状。西帮仗着有钱有势，整个药业停止一切经营活动，向当局进行要挟。

那时父亲已有几爿药号，大伯的药号也在几年前转让给了父亲，父亲则折合成现款给了大伯回老家去过消闲日子。他的事业正是春风得意的时候。因此，在当局迫于无奈，宣布双方各派三名代表，加上当局的一名官员，组成调解委员会时，父亲被西帮推举为调解委员。此时的父亲不过二十二岁。可以想象在那一刻，当所有的目光投向他，父亲应该是不无得意的。据文件介绍，西帮的另两名委员，年纪、资历都远在父亲之上，那么父亲能够得到这个殊荣，定是有其独特之处的。

这次调解是非常成功的，西帮的原则是花钱不输理，对于伤亡的湘潭人给予经济上的优厚待遇，但领头闹事的则必须严惩，或杀头或关进监狱，以为后戒。当局因受了巨贿，意见与西帮委员高度一致。西帮以胜利者的姿态重新演出赣剧《白蛇传》，但不许湘潭人进入江西会馆。

父亲在这次调解中起了何种作用，提出了什么建议，无史可考。在生前，他从未提起过这次调解活动，仿佛压根儿就没有发生过这件事。但不管怎么说，他毕竟参与了一个具有某种政治内容的重要事件，并且居于显要的位置。我相信父亲在处理完这个事件之后，他曾有过深深的反省，为自己的冒失和唐突深悔不已，祖父的被捕和被害，以及他在逃离中留下的惊恐的印象，又一次阴沉沉地出现在他的脑海里，使他产生不可抑止的恐惧。此后，他再没有参与过这样的重要活动，只是潜心于他的商务。第二年，他便回老家，娶了我母亲，完成人生的第一个归宿。

4

父亲的第二次逃离发生在1944年夏。

关于这次逃离，他在生前曾对我详细地谈过。

日寇的刺刀和马蹄快要逼近湘潭时，父亲组织店员们疏散到乡下去。他是最后一个离开他的药号的，库房落上了锁，店堂里空空荡荡，一个人影也没有。他坐在店堂的八仙桌前，喝着一盅白酒，意态颇为惆怅。他似乎觉得他再也不能回来了。好在父亲结婚后，没有将母亲带到湘潭来，外公仍把她留在身边照看她的三个弟弟和料理一些家事，父亲算得上是无牵无挂。在日头落下去之后，店堂里暮色渐浓，父亲甩碎了那个小酒盅，走出大门，随即关上大门落了锁，急匆匆朝城外走去。所有的街灯都没有睁开眼，街上静若坟场，孤零零的父亲突然有了无国无家身似飘蓬的感觉。他偶尔看看身后，发现连影子都没有，他被淹埋在一片漆黑之中，无边无际。他说，他那时立即想起了十一岁逃离时躲在破鼓中的情景，只是眼前是一面更大的鼓，鼓帮不知在什么地方，他深感无倚无靠，孤立无援。

半夜过后，在乡间的泥土道上，见前面影影绰绰有很多人影，父亲突然有了力气，跌跌撞撞地朝那个方向扑去。当时一定是一种深重的孤独感起了作用，以致使他失去理智而奋然前行，他不知道更大的悲剧在等待着他。

等到父亲扑到那些人影前时，才发现这是一支日本人的军需部队，他想回转身已经来不及了，随即他便被拖进一群中国脚夫的队伍里，他的肩上被压上了一副沉重的担子。从没有干过力气活的父亲，第一次感受到了苦难的重量。他问旁边的一个脚夫，这是开往哪里的部队？回答是衡阳。他知道这里离衡阳还有三百里的路程，他的身体定然无法坚持到达目的地，突然之间他感到了死神的逼近。

天亮后，在灿烂的晨光中，他发现押解他们的日本兵中，有不少是说湖北话的中国人，俗称二本矮子。他惊异于有些中国人竟可以这样来出卖自己，为虎作伥，欺压自己的同胞，他们比日本人更可恶，随时都可以把皮鞭落在同胞的脊背上，逗引得日本兵哈哈大笑。一刹那汉奸的形象，在父亲的心目中变得十分的具体。

后来，我在一份资料中，读到抗日战争中在中国大地居然出现上百万的伪军部队，和日本侵略者并肩作战，这可说是世界一大奇观，这个民族某些人的奴性实在太可怕。

在当时，父亲自然不可能知道汉奸的队伍竟有如此庞大！

父亲开始思考逃离的问题。“逃离”两个字使他获得一种快感，在那时他想起了祖母和母亲，他应该活着回去。

第二天的午夜过后，当时他们正宿在一个不知名的村子里，父亲捂着肚子走到一个看守他们的二本矮子跟前，说是肚子很痛，要上茅厕，二本矮子正在仰脖喝着水壶里的酒，酒使他丧失了警惕，他说“快去快回”，父亲回答一声“是”，便朝村口的一个茅厕跑去。好多年后，父亲还记得茅厕里伏天屎尿发酵后的那种奇臭，但他却坚持在里面待了一阵，然后再弓着身子溜出来，向村外的树林钻去。那天夜里，无星无月，没有一丝风，天气闷热。很快父亲听见了口哨声、枪栓声、脚步声，他们发现父亲未归后开始了追捕行动。

处于疯狂状态中的父亲穿过小树林，不要命地奔跑起来，他分明听见枪声掠过头顶，手电光凶残地切割着夜色。他跑到一口荷塘前，轻轻地滑下塘埂，躲到密密匝匝的荷叶之下，不时地把整个身子埋在水中。他的水性并不好，是一种求生的欲望使他视荷塘为天国，荷塘的岸边站着日本人和二本矮子，他们大声喊话，其实他们并不知道荷叶下藏着我的父亲。一直快到天亮时，他们才散去，不久父亲听到远处的吆喝声，他们开拔了。

父亲知道他的逃离胜利了。他开始对这个荷塘产生了依恋的情绪，他看见阳光在头上的荷盖上无声地流动，四周氤氲着纯和的清香，鲜艳的荷花舒展着花瓣，并发出一种极细微的喘息声。他决定回湘潭城去，尽管那座古城沦陷了。

等到父亲回到湘潭，由于劳累、饥渴和惊吓，他病倒了。尤其是灌了生水的耳朵，出现了炎症，他不得不住进医院去治疗。他发现他的听力已经受到了影响，并为此而欣喜，便自我渲染出更大的效果，同行们开始在背地里称他为“叶聋子”。

父亲出院回到他的药号，有些店员也闻讯回来了，他开始恢复一些商业性的活动。

父亲告诉我在几天后，一个日本商人带着使命来到恒昌药号，让他出来组织一个什么团体。父亲装着木然地望着他，似乎什么也听不见，一双眼睛故意睁得特大，并且大声地说：“什么？什么？你说什么？”日本商人坐了一阵，说了很多话后，骂了一声怎么是个聋子，另外找人。然后，一甩手走了。

父亲不无得意地对我说："那次耳朵帮了我的大忙，真得谢谢那口荷塘。"

在日本人占据湘潭一年的日子里，除正常的商务活动外，他不参加任何官方、军方或民间的集会，他说他的耳朵听不见，人们也就宽宥了他，为此他得到了一份安宁。

1945年，父亲把母亲从老家接到湘潭。

父亲说有个朋友曾写了一副对联送给他，写的是隶书，他把它挂在卧室里，很是喜欢。

那联语是：

且止且行因酒醉；

不闻不问是耳聋。

5

母亲从卧室里走出来，惊奇地问："你们说什么？你父亲在逃离什么？"

我和弟弟笑了笑。

"我知道你们在议论你们的父亲，觉得他的一生太平淡了。可这个家几十年来无风无险，你们安安然然地长大了，他是费了心思的。"

母亲索性搬过一把椅子，坐下来，开始了在我们记忆中最长的一次说话。

我们发现母亲的面庞非常光滑，还找不到很多的皱纹，眼睛很亮，目光如水一般清纯。她说：“你们的父亲是个很聪明的人，一辈子待我非常好。只有一件事，到晚年他觉得对不起我，就是没有让我去参加工作。在他去世的前几天，他还说起这件事，我却说你是对的，我不是很好地过了几十年吗，尽管日子有些困难。”

确实，在这条巷子里，与母亲年纪差不多的女人都有自己的单位，在年老后纷纷退休了，每月去领一份退休工资。而母亲只属于这个家，她没有档案袋，没有工资表，没有会议和运动，没有退休证，她把她最好的岁月交给了我们。

父亲为什么没有让母亲参加工作，据母亲说，与我外祖父在上世纪五十年代初土改刚刚结束，被恩准到湘潭女儿家来住了一段相当长的时间有关。当时，年纪还不大的外祖母刚刚病死，外祖父正处于悲伤之中，他希望在湘潭的女儿家稀释很阴悒的心情。

外祖父来湘潭时我只有五岁。是一个午后，下着密密的雨，小巷的青石板路面冲洗得很明亮，青色的石纹十分的美丽。父亲在厅堂里慢慢地喝酒，他午餐和晚餐的时间往往被拉得很长。我放下碗，脱掉鞋袜，光着脚在家门口蹚一汪一汪的水，故意用脚把水花拍打得四下飞溅，脚板心浸得非常舒服。就在这时候，我的外祖父出现在我的面前，我记得他穿着一身青布衣褂，脚蹬一双类似青布鞋的那种浅帮雨鞋，一手提一只小小的藤织旅行箱，一手撑着一把油纸伞。他看着我，脸上渐渐有了笑意，他快活地喊道："你是叶金林，金伢子！金伢子！我是你外祖父。"这时候母亲和父亲跑出来，亲热地把外祖父让进屋里，随即把大门关上了。我很奇怪五岁时的这个印象在许多年后依旧清晰，我估计与那天的下雨有很大的关系，玩水的欢乐正好与外祖父到来的情景相叠合。接着外祖父洗了脸，被父亲谦让着坐到桌子的上方，母亲重新炒菜，父亲新开一瓶白酒，外祖父让我坐到他的身上，不时地把菜夹到我的嘴里。那天，外祖父和父亲、母亲谈了些什么，我一点印象也没有，但发现外祖父说着说着眼里便有了泪水。

母亲说，外祖父在谈外祖母的死。

外祖父先后娶过三位妻子，原配生了母亲和三个舅舅后得病死去，续弦的是一位富家小姐，几年后患痨病也甩手而去。接着外祖父娶了一个穷苦人家的女儿做妻子。他的婚姻形态和我的祖父如出一辙。这位外祖母一直没有生育，但她非常习惯这种优裕的生活，她喜欢打牌，喜欢看戏，喜欢不停地做各种款式的衣服，喜欢在三湖镇的集市上出出入入，以获得无数羡慕的目光。而外祖父却以小心谨慎、亲善厚道为戒，热心于地方上的公益事业。在土改运动中，外祖父交出他的田产和多余的房屋，贫农团的乡亲没怎么难为他，但贫农团对于外祖母，却怀有一种奇特的拯救意识，他们认为外祖母出身于贫苦人家，忘了本，当了地主的太太后作威作福，过着腐朽的剥削阶级生活，必须重新回到自己的阶级队伍中去。拯救的办法是不准外祖母和外祖父及舅舅一起吃饭，必须到各村的农家去乞讨，给什么吃什么。外祖母不得不穿上破旧的衣裳，捧着一只碗，开始她长达两年的乞讨生涯。夜晚，只能睡在一间柴屋里，她压抑着的哭声常常会传到外祖父惊恐的梦中。外祖母终于在贫病交加中死去。

外祖父在湘潭住了一年多的时间，然后凄然地应召回江西的老家去了。

在1955年的公私合营鞭炮声中，政府号召妇女走出家门参加工作，母亲跃跃欲试，但父亲顽固地打消了她这个鲜活的念头。这一年，在离湘潭古城四十里之遥的僻远小镇马家河新设一个小药店，父亲主动要求去了那里，并在那里有滋有味地工作到退休，才恋恋不舍地回到城里。

1957年，大舅被划为右派，他当时正在江西新干的一所中学教英语和物理，是一个很出名的教师，因家庭出身和言语不慎而被戴上右派的帽子。

在接到大舅的信后，父亲对母亲说：“你不参加工作是对的，作为一个家庭妇女，没有人来找你的麻烦。”母亲默默地点头。

听到这里，我和弟弟互望了一下，会意地点了下头，那意思是说：母亲的不参加工作，仍属于父亲逃离战略的一个组成部分！

在几十年极为平淡的家务劳动中，母亲的全部心思都集中在我们身上，父亲微薄的工资到了母亲的手里，发挥出神奇的作用，我们没有饿过，没有穿得破破烂烂，邻里都说她很会精打细算。母亲恪守着她的生活准则，不向人借钱，不无事串门说东家长西家短，从早到黑兴致勃勃地忙着各种屑小的家事。在 1965 年我初中毕业后，决意不上高中去参加工作，以分担家庭的压力时，最初母亲和父亲都不同意，但因我的执拗而不得不作出让步，我便去了临近的一个城市株洲当了一名工人。

我开始有了一份菲薄的工资收入，但不得不为各项开支而进行合理的安排，这使我想到了母亲，一个人口众多的家庭，靠父亲的一份工资，无论如何精打细算都无法维持下去，而事实上是这个家庭很顺利地完成了它的使命。等到我们都成家立业了，有一次我回湘潭看望母亲，问起这件事时，她说："在你父亲事业非常好的年代，我积蓄了一笔私房钱，并都换成金器，你父亲不知道。1947 年，你父亲为了营救你六伯，因为他弄丢了一笔军饷，将要受到军法处置，便抵押几爿店铺，将库存药材贱价出卖，然后将款子速寄西安。他只剩下了一爿小店铺，因此在"解放"后没有被打成资本家，因祸得福，成分是小商。“解放”初我把金器换成现款存起来，间或补贴家用，除了我，谁也不知道。等你们都长大成人，这笔钱也用完了。”

怪不得在我的记忆中，父亲不止一次地对我说过：“你母亲很了不起，这个家没有她是不行的，我没有那么大的本事！”

6

1955 年公私合营后，父亲的那爿小店铺交给了政府，并领得一个股息证。微少的股息一直发放到“文化大革命”之始，在破“四旧”的狂涛中，所有的股息证都宣布作废。我曾经翻看过这个股息证，父亲的财产估算不足千元，每月的股息不过是一个非常小的数字。这些数字与我们想象中的父亲的辉煌事业相去甚远。

1986 年夏我去江西新干讲学时，六伯曾说起过那次丢失军饷的事。但他没有详细地说军饷是如何丢失的，只说是一个很大的数字。时为 1947 年初秋。他的上司限令他在一月之内筹齐饷款，否则将送交军事法庭。他当时的职务是中校督察。六伯说：“我只能找我的同父同母的弟弟，也就是你的父亲，我发了一个电报给他，告之我的困境。二十天后，我就收到了这笔款子。”

关于父亲和六伯的手足之情，父亲在生前多次谈及。他们的生母龚氏红颜薄命，在他们年尚幼小时便死去了，接着祖父娶叶尧氏为妻。这位叶尧氏在迎娶之前，就让祖父将他们兄弟俩送到很远的亲戚家去回避，一个月后，才被接回叶家老屋。他们在同一所私塾读书，回来后便钻到后花园玩耍，欢乐的笑声使他们暂时忘却了继母冷若冰霜的脸色。在每次叶尧氏对他们兄弟进行无端的斥骂和鞭打时，六伯总是说："这与弟弟没有关系，是我的责任。"幼小的父亲深感兄长的慈爱，并一直铭记在怀。六伯十二岁时，祖父便把他送到长沙一家药店去当学徒。临别时，父亲和六伯抱头痛哭，有如生离死别。祖母很不耐烦地叱吼："哭什么，又不是去开刀问斩！"他们的哭声戛然而止，宛若断线的风筝。此后，他们之间书信不断。在六伯进入军界后，每次回新干探亲和休假，他必先到湘潭看望父亲。

据母亲的追忆，1947 年秋，父亲的生意正是红火，他拥有好几爿店铺，库房积藏着大量的药材，他盘算着在秋季的古城药材贸易会上抛售出来，好好地赚一笔。那些日子他频繁地宴请客户和被人宴请，深更半夜醉眼蒙眬地被人力车拉回家来。就在这时候，他收到了六伯的电报。他捏着电报纸在厅堂里焦急地走来走去，一边扬了扬电报纸一边说："我劝过他不要去搞这些事，他不听，他对政治太热心。钱是小事，问题是救不救得出人是大事。”接着，他便将店铺抵押出去，又找那些客户提早抛售药材。客户知道他等钱用，把价故意压低，父亲也不计较。钱基本筹齐了，父亲怕不保险，又问母亲家里还有多少钱，母亲摇摇头，父亲也就作罢。钱寄出后不久，六伯来了一个电报称“一切平安无事”，父亲为此而高兴了不少日子。

父亲只剩下了一爿小药店，按父亲当时在商界的影响和他的才干，他完全可迅速收回抵押出去的店铺，再依靠金融界的朋友贷款以从事更大的商务活动，但他没有。他只是维持着这个小店铺的一般性业务，再不图有所发展。母亲说在此后的两年中，父亲常常在灯下翻阅各种报纸，或者皱着眉头想什么心事。

我和弟弟探讨过此中的原由，似乎可以从两个方面来理解。一是六伯的这场险些丧命的灾难，再一次加深了他的某种恐惧感，使他产生了悲观情绪；其二，是他突然热衷于阅读报纸，定是从中琢磨出不少信息，大有急流勇退、甘为平庸之慨，尽管他不可能真正估测未来的形势，但觉得不引人注目是一种良好的选择。事实上证明这种选择，给他带来了好处，他不过是一个小商人。在1953年的“三反五反”运动中，工会领导鉴于他的经济地位低微以及他父亲为烈士的独特身份，曾动员他站出来斗争那些不法资本家。他的耳聋帮了他的大忙，他迟缓的反应和答非所问使动员他的人束手无策。接着父亲又开始了他的养病行动，关起门在家里喝酒和翻看一些医书。那段日子恰好外祖父住在家里，翁婿间的促膝交谈成为一种最大的快乐。此后的许多岁月，外祖父在毛笔书写的信函中，多次对父亲谈起那些惬意的日子。可惜，那信件都已荡然无存。

7

在我的童年和少年时代，可以说对父亲的印象并不深，原因是他每月之中只回家一次。马家河似乎是一个非常遥远的地方，是一个乡下的小镇子，人口十分稀少，而附近则是田畴、菜畦和山丘，父亲工作的那个小药店嵌在临江的半截小街上，站在小店的阶基上便可见日夜奔流不息的湘江，停在码头边的船只，以及横在江心的鼓磉洲。每次父亲叙述马家河小镇子的风土人情时，都带着一种莫名其妙的陶醉和欣赏。在 1957 年之前，他一月之中回家一次，将聚集起来的四个星期天作一次总结性的休息。但在 1957 年之后，他每月回家顶多停留两天，就匆匆忙忙地赶回去。那时从城里到马家河交通十分不便，陆路必须乘汽车到达中途的板塘铺，再步行二十里，才到达目的地。水路则从湘潭的轮船码头，坐客轮逆水而上，两个小时方可到达。在马家河小药店工作的人，一般三五年后就要求回城去了，但是父亲从没有过这样的要求，他一口气坚持到退休，这在小店的历史上可以说是一个奇迹。

父亲为什么愿意到偏僻的马家河去工作，为什么对他非常熟悉的城市长期地逃离，在后来的岁月中，我逐渐地理解了他的无奈和睿智，以及他对我们子女的不为人知的责任心。

1965 年 10 月我到株洲的一家林业加工厂当工人，几个月后“文化大革命”就开始了，随即“文攻武卫”的枪声使城市陷于一片混乱。有一天我正在单人宿舍里看书，父亲突然走了进来。当时，株洲和湘潭两城之间交通基本断绝，马家河小镇嵌在株潭之间，离这里也有差不多三十里路程。他说他是步行来的，从马家河步行到霞湾街，再沿江走到株洲，然后打听林业加工厂的位置。他说走了整整四个小时。这时已临近中午，我领他到食堂去用餐，在用餐的过程中不时听到街市上断续响起的枪声。他问我每天干什么？我说：“上班。下班后看书、写字。”他很高兴，说这我就放心了。用完餐他执意要回去，他轻松地说我可以赶在小店晚餐之前到达。我把他一直送到湘江边，他不停地催促我赶快回去。他说你不要担心我，那个小镇子平静得很，不像城里这么乱。

这是父亲唯一的一次到株洲来看望他的儿子。但从这一次开始，我对父亲由衷地生发出一种尊敬，我为他对我的慈爱而感动，在以后的日子里，我每隔一两周便利用星期六和星期天乘轮船到马家河去看望父亲。我开始对父亲有了诸多方面的了解。

父亲要求到马家河去工作时，他的哥哥——我的六伯正在北大荒劳改农场改造肉体和灵魂，我相信这个情节曾对他产生过巨大的震动。而在 1955 年之后，城里的各项学习和政治热潮滚滚而来，他一定感到了某种不适应。他开始堂皇地逃离城市，去那偏远而宁和的乡下小镇，那里优美的田园风光和醇厚的人情世态，有意无意地消解着政治的影响，使他的心理得到平衡。在 1957 年，当大舅当上了右派后，他更为这种逃离而庆幸，他采取的方法是更少地与城市发生联系。他在小药店担任会计、司药员，同时还抽暇为农民和船民出诊，用毛笔很快活地在处方签上安置各味中药。他几乎同化为一个小镇的土著，不注意衣饰，可以说一口流利的马家河土话（唯一的例外，是何老师到小药店时，他们一起讲江西语）。他随便走在什么地方，都有人尊称他为“叶先先”，这里的人把“生”念成“先”，听起来别有意味。

有一个周末，我到马家河看望父亲。父子俩坐在一张床上聊天，临近午夜时，小店的门拍得山响，并传来焦急的呼喊父亲的声音。父亲忙去开了门，一个农民汉子提着灯笼闯进来，请父亲到十几里外的一户农家出诊。父亲提起小药箱，嘱咐我好好睡，便随着那盏金色的灯笼急匆匆地走了。我站在小店的门口，久久地望着那一点渐行渐远的火光，在漆黑的夜色中漫开一片温煦。一直到火光完全被夜色所融化，我才回屋去。我发现我的眼睛潮潮的。

在父亲没有去马家河工作之前，对所有的家务活他是不用操心的，能干的母亲都做得清清楚楚。父亲在到小药店后不得不自己洗衣服、被子，购买所需的日常用品，有时还得到厨房去帮着洗菜和炒菜。在最初干这些家务活时，父亲一定相当的难受和笨拙，并深以为耻。但在后来我去看望他时，他已经非常愉快和熟练地做这些很琐屑的事。他的卧室里备着油盐和鸡蛋之类东西，为我的到来他会特意下厨炒几个菜招待我。生活可以这样雕塑一个人的形象，这使我感到新鲜。在吃饭时，他发现我上衣的一颗扣子快掉了，便搁下筷子，取来针线，给我一针一针把扣子缝好。我当时很奇怪地看着他，他抬起头来，慌忙把目光移开。我懂得他此刻的心情，一半是自羞，一半是自矜。

小药店是没有什么午休一说的，吃过饭，父亲到店堂里去为人诊病，我坐在他的卧室里开始翻弄桌上的一些医书。那些医书的字里行间画着许多红杠红钩，并有不少的眉批。忽然我发现在书页间夹着一张处方笺，用毛笔写着一首小诗，题目是《深夜出诊感赋》："叶底飞萤晓月残，依稀农舍路盘旋；我无医世回春手，只为乡民解热寒。"父亲读过私塾，自然是可以写诗作对的，但真正读到他的诗还是第一次。从诗中可以看出他的某些心迹，有一种被压抑的痛楚和顺应生活的快意交织其间，但后者似乎是主调。我正看着想着的时候，父亲进来了。他惊慌地接过那张处方笺，撕成几块，再揉成一团，丢到屋角里去了。他尴尬地笑笑："抄了别人的，解解闷。"然后坐下来，和我说起一些不咸不淡的话。在以后我偶尔为之写了些旧体诗给他看时，他会兴趣盎然地进行评点，那一句好，哪一句用典不确，哪一句失了平仄。但最后必定说："写这些东西要谨慎，出不得格的，你要记住。"父亲的忠告我当然没有记住，文学创作成了我消费生命的主要形式，写诗写散文写小说。1983 年我的第一本新诗集出版了。我送了一本给父亲，那时他早已退休在家。他看过后说："新诗我不太懂，好像没有旧体诗有意思。"但是我依旧很高兴，毕竟父亲把这本诗集读完了。第二年冬，我的小说集出版时，父亲却已在几月前去世。我在他的坟前，将一本小说集拆成单页当纸钱焚化，但愿他在九泉之下能收到我的这本书。可惜，我再也不可能听到他的评价了。

8

1980 年春，父亲办好了退休手续，他将离开这个朝夕相处的小镇子回到城里去。我在他走的前一天，从株洲来到了这个小药店，和他一起等待明天前来报到的弟弟。他已经没有什么事可做了，我和他坐在卧室里。窗外飘着零星的雨丝，一株杨柳纷披着翠绿的丝绦，宛若一架珠帘。午后的天显得有些阴悒，与父亲的脸色和心情，绝对地融为一体。店堂里很热闹，问诊的、买药的、聊天的，一拨子来了一拨子又去。我说："您可以好好休息了，辛苦了一辈子。"他勉强笑了笑："是的，是的。老刘走了，老白走了，老王走了，老陈走了，老的都走了，现在是年轻人的天下了。"父亲似乎有些伤感，店堂的柜台里站的全是一班子年轻人，新陈代谢的规律具体而又生动。尽管父亲刚刚六十岁出头，但已很见老态，头发里已见成片的霜白，脸上横着不少的皱纹。他望着我说："我唯一可欣慰的，是这辈子平平安安过来了，没有犯什么错误，没有连累家庭和你们，但是——太平庸了。我很留恋这个小镇子，很感谢这个小镇子。"当时，我很愕然，这样一个小镇子有什么值得留恋和感谢的呢？但在2009年盛夏，我和弟弟谈及父亲的往事时，确认了父亲感慨的真实性。

在以往的岁月中，中国这块土地上曾进行了一系列的运动，尤其是城市，几乎都处在震中，不少人在摇摇晃晃中受到程度不同的伤害。但马家河这远离城市的乡村小镇子，却基本上安然无恙，所有的大潮卷到这里时已变成了轻微的喘息。小药店在我的印象中，几乎不要开会，不要彼此防范，不要慷慨激昂地发言和表态，不要写心得体会。在史无前例的"文化大革命"中，小镇上唯一的变化是多了几个语录牌。小药店的炫目之处，是大门两侧多了一副红底金字的对联："红雨随心翻作浪；青山着意化为桥。"在"斗私批修"的高潮中，从城里的一个工厂派了一名工宣队员来，他在这里三天打鱼两天晒网地宣传毛泽东思想，大概有一个来月。我记得他姓黄，小店的人叫他黄师傅。黄师傅撤离后，小药店又一切如常。

雨不知什么时候停住了，父亲说："我们到外面去走走。"

雨后的空气十分新鲜，风微微地吹着。我们走出小药店，沿着小街慢慢地走。父亲的脚步很沉重，他对这块土地的深厚情谊令我吃惊。不时地有农民模样的人和他打招呼，他说："我退休了，我明天要回城里去了，我的儿子明天会来接替我。"

不断重复的这些话，使父亲显得更为苍老，同时我深深地感受到一种种悲剧气氛的加浓，假若我是他的领导，我绝对会批准他再继续在此厮守下去。我后来想起这个情景，觉得父亲应该明白他的逃离在当时已毫无意义了，政治已逐渐清明，无谓的政治运动基本消泯，城里和乡下已毫无区别，那么，他对马家河的眷恋定是由于久居难舍的情感因素？也不是。总想逃离一点什么，似乎是人的一种属性。在逃离中，有惊恐、痛苦，也有一种快感。一旦失却了逃离的背景，将会有一种更沉重的失落感。这一点在父亲身上得以印证，他退休回到城里后整天的闷闷不乐，导致诸种疾病萌生，刚刚满五年即合上他的双眼。不需要逃离的生活，使他全身的每根神经松弛下来，所有的紧张感风吹云散，他的生命断绝了动力的来源。抽象和具象意义上的逃离，是人之所需。

走完了小街，我们又去江边的码头，船工们正在船上起运货物，跳板一闪一闪，咔啦啦直响。湘江呈一种湛蓝的颜色，那一刻我想起了古人“春来江水绿如蓝”的句子。父亲在江边呆立了许久，江水在他的眸子里发出哗哗的声音，他长叹一声：“只有江水不老。”

第二天上午，弟弟提着一口皮箱走进了小药店。在 1980 年，城里已有了直通马家河的班车，一个多小时便可完成一次城乡间的跋涉。

“你来了。来得好快。”父亲喃喃地说。

“快吗？爸，您该休息了，在这鬼地方熬了这么多年。”

父亲的脸色陡地变了，他愤怒地看着弟弟，弟弟吓得后退了一步。

在好多年后，弟弟还记得父亲那天的莫名其妙的郁怒。他说：“我当时在心里想，我不会在这里待很久的，我要尽快回城里去。”

在父亲的卧室里，父亲开始移交他的所有不必带走的东西：床、被褥、书桌、脸盆……他只把几本医书和衣服塞进旅行包里，他说：“这些你不需要。”

我们坐了下来，希望在这别离时刻，父亲能说几句振聋发聩的金玉良言。弟弟问："您还有什么要交代的？"

父亲想了想说："你们的路还长，要谨谨慎慎做人，要时刻觉得有什么危险将要发生，好像后面总有什么在追赶你，你们好好地跑好好地走。我老了。"

弟弟说："那太累了。"

"做人没有不累的。"父亲语重心长地说。

午后，我和弟弟一直把父亲送到汽车站。等到他上了汽车，坐好了，车门"咔"地一声关紧，车轮呼隆隆转起来，扬起一路尘土，渐行渐远，我们还站在原地，久久无言。

关于这个父子间的交接仪式，并没有任何庄严和欢乐的气氛，相反的倒有点凄凄切切。弟弟在二十五年后的这个下午，说："父亲已完成了他的逃离，但丝毫没有轻松感。而我开始酝酿一次新的逃离，即怎么离开这个小镇子，回到城里沸沸扬扬的场景中去。我和父亲是两个相反方向的逃离，而实质却有某种异曲同工之妙。"

在1980年，我早已调到《新城日报》工作了。我唯一能帮助弟弟的就是写作。而他在中学时代已开始发表诗歌和小散文。在小药店寂寞的岁月里，他发愤读书和艰苦地提高写作能力，在当地和外地的报刊发表作品，终于他被调到湘潭的地方志办公室，胜利地逃离了那个小镇子。

弟弟回到湘潭的家中，是一个阴雨绵绵的下午，父亲正呆坐在天井边，看雨点击打在青石板上散开的水沫，这一刻他的神情有些恍惚。他的背微微弯着，有如一个巨大的问号。他低沉地问："回来啦?"

"回来了！我回来了!"弟弟说。

父亲叹了一口气。

9

在中国这块土地上，"解放"后数十年的生活形态使许多人都懂得"祸从口出"这个简单而朴素的真理。但这种懂得，是大多付出了惨重的代价，或亲朋戚友为此罹难，或自身遭到不测，真理几乎成了事后的领悟。而父亲懂得这个真理，从一开始便处于一种自觉，防患于未然。在我的印象中，他除了说一些不关痛痒的话题外，对时事和政治绝对的缄默其口，从不涉及。即使在某种情势威逼之下，忍无可忍，即将发出一种危险的声音时，他会戛然而止，以清醒的理智使将发出的声音咽了下去，化作空前的沉默。我推测这与他的第一次逃离有关，在那面破牛皮鼓里，当枪托把鼓帮擂响，他有了一种要呼喊什么的欲望时，祖母叶尧氏厚实的手掌分秒不差地堵到了他的嘴上。这个情结在父亲的意识深处永恒地存在，成为一种抽象意义上的监督机制，使父亲这一生明白了使用语言的选择性，以及关键时刻的克制性。

在史无前例的“文化大革命”中，小药店进驻过一名工宣队员，四十多岁，是城里一个大工厂的工人，瘦瘦的，高高的，大家都叫他黄师傅。在最初的日子里，因为他对医药的茫然无知，整个白天他都无所事事。他是一个最忠实最优秀的旁观者。父亲对黄师傅的评价还不错，说他是一个没有多少文化的老实人。

黄师傅进驻小药店的那一段时间，正是全国上下开展“斗私批修”的时候，人人都手握小红书狠斗“私”字一闪念，社会几乎纯净得不能生长任何微生物，有一种美丽的说法是“万里山河红彤彤”。

我因在车间上班不小心，手指被轧伤了，厂医务室批了我十天的工伤假，我便到马家河的小药店来休息，父亲对我的到来十分高兴。

那一天傍晚，吃过晚饭，小店的门关上了。黄师傅突然吹起了哨子，哨音尖利如割。父亲说：“要开会了。开什么会啊？”说完便朝店堂走去。听到这哨音，我有一种想笑又不敢笑的感受，小店一共才五个人，用得着吹哨子吗？零零散散的脚步声，朝店堂汇拢，接着是搬动凳子的声音。我坐在父亲的卧室里，读着一本什么书。忽然，黄师傅把脑袋探了进来，笑着说：“小叶，你是工人，也来听听，学习蛮重要的。”黄师傅为什么叫我去，定然是觉得店堂里的听众太少了，不热闹，我当然有理由推辞不去，但出于一种好奇心理，我愉快地答应了他的要求。黄师傅似乎很感激。他说："还是工人的阶级觉悟高。"

店堂里的摆设不伦不类，一张八仙桌摆在正中央，黝黑黝黑的，已不见一点漆色，白天它既是诊案，又是饭桌，此刻却成了庄严的讲台。小店的经理老陈，炊事员老王，司药员老刘和老白，以及父亲，坐成一个半圆形，面朝着八仙桌。黄师傅一屁股坐到讲台前，然后说："小叶，你坐到我身边来。"

我只好坐到他身边去。我看见父亲睁大着眼睛，一副专心致志的虔诚模样，但我知道他的思绪一定飘飞到很远的地方去了。直到黄师傅一声断喝现在开会，请集中精力，才对我点点头，表示知道了我的存在。

黄师傅先是读了十几条毛主席语录，才说："今天叫大家来开会，有一个重要的事要讲。现在全国都在搞'斗私批修'，我们这个小药店也要搞。不搞是不行的，这关系到党不变修国不变色。"我觉得他最后的一句话很有反讽意味，小药店的五个人没有一个是党员，党员不会到这地方来，多少重要的岗位需要他们，这小药店太微不足道。

"下面大家开始发言。什么是私心？私心就是和公心相对立的东西。比如占了公家的小便宜，损害了别人的利益，遇事总考虑自己。这都是私心。说出来，让它暴露在光天化日之下，共同来挖根子，回到毛泽东思想的轨道上来。说吧，说吧。”

所有的人都默不作声。店堂的墙上那架老式挂钟，庄严地“嘀哒”着，时间的响声非常单调和寂寥。

“马家河不是世外桃源，小药店并不完全是红彤彤的，各位不见得是百分之百的革命派，难道没有一点私心杂念?！嗯。”

黄师傅着急起来。他为不能完成一项神圣的使命而着急。我觉得他着急的样子非常滑稽。他敲了敲桌子，说：“说吧，说吧。”

突然我发现父亲的一张脸憋得紧紧的，眼里射出不屑的锋芒，在电灯光下他那个粗大的喉结上下急速地窜动。我估计他要发言了，当然不是亮“私”字，而是要讲出一些别的语言。我期待他讲出来，我充满着一种期待的焦灼和激动。但是，父亲终于什么也没讲，喉结渐渐安分守己地凝然不动，他把要讲的话拼命地咽下去，好像有一只无形的手堵住了他的嘴巴。

沉默使时间变得悠长。十点了。

黄师傅站起来，说：“今晚散会，明晚再开。明早我就回城汇报。什么搞法?！”

他回他的宿舍去了。

父亲默默地站起来，对我说："我们也睡觉去。"

第二天一早，黄师傅骑着一辆破自行车回城里去汇报，晚上他没有回来。他是第三天上午回来的。一进店堂，就说："今晚开会，大家不要缺席。"

黄师傅没有回的那个夜晚，陈经理走进父亲的卧室，坐下来，半晌不说话。父亲也不说话，只是望着他。

"老叶，不发言只怕不行啊。"陈经理忧心忡忡地说。

"是不行。万一小店成了典型，再派几个工宣队员来，大家都不好过。"

"是啊是啊。看得出黄师傅也是想早点回去，待在这里索然无味，离城里又远，回家不方便。"陈经理说。

父亲说："恐怕他快回去了，只是想有一点成绩，也没有什么别的想法。老陈，我们都讲一点私心，彼此脸面上都过得去，你是不是这个意思？"

陈经理说："正是，正是。"

我一直在认真地听他们谈话，我知道他们达到了一种默契，其目的是迅速恢复小药店的平静生活，不要成为一个众矢之的。

果然，在黄师傅再次召开的会议上，父亲用十分平静十分准确的语言开始"斗私批修"。他说我们的医疗事业要为无产阶级服务，为贫下中农着想，比如自己常常半夜出诊，随叫随去，不管风吹雨打，而且没有出过医疗事故。但是——父亲加重了语气。贫下中农见我送医上门，在诊过病后，热情地招待吃一碗荷包蛋，我吃了后，没有付过款。这就是“私”字，因为损害了贫下中农的利益，这是不对的。我粗略地算了一下，应该交款二十元左右。我要引以为戒，下不为例。黄师傅首先鼓起掌来，他的脸兴奋得发红发亮。接着陈经理谈了他曾把几个盛过药的废木箱，请木匠做了一担挑箱装被子，应该折合人民币十元。损公肥私，这是要批判的。其余的三个人也发了言。

会议结束后，黄师傅很高兴。他硬把我拉到他的卧室里，又泡茶又递烟，亲亲热热地谈到半夜过后。

不久，黄师傅完成了他的使命，快快活活地回城里去了。

父亲松了一口气。后来他对我说：“也只有这么办了，否则会没完没了。第一次开会，我差点要跳起来讥讽黄师傅几句，幸而忍住了。人，有时要躲点风头，要不会后悔莫及的。”

10

我在度过不惑之年后，常常会想起马家河这个乡下小镇，仿佛它永远笼罩在一片湿润润的气息之中，给人一种清新宁静的浸染。我不能低估它曾对我产生的潜移默化的作用，尤其是在“文化大革命”的十年中，我已记不清我多少次去过马家河，在那里总共呆过多少日子。但每当我从株洲来到这里，就宛若进入另一个世界。它与株洲成为决然不同的两个概念。马家河这个坐标，在我人生的最重要的青年时代，无言地矫正过我许多的行为标准。我没有参加过“保守派”和“造反派”，没有写过批判“走资派”的大字报，没有别一把“五四”手枪参加“文攻武卫”的战斗，没有受过蒙骗，也没有蒙骗过别人。除了上班，就是寻找各种书籍来阅读，并写一些反映工人生活的新诗。尽管这个阶段的作品现在看起来十分幼稚可笑，但它有效地化解了我多余的精力，使得我比较安然地度过了十年的动乱。其实，我和父亲同样处于一种逃离状态之中。他对我热衷于写作的痴狂，曾表示过极大的忧虑，但又无可奈何。他认为白纸黑字是斧头也砍不去的证据，些小的疏忽便会导致灭顶之灾。只有当一个工人是最稳靠的，家有万金不如薄技在身。在1978年，我终于丢弃了磨刀工的薄技而去了《新城日报》，为此他哀叹说你的选择是错误的，业余搞搞尚可，专门坐在报馆里则非常危险，祸从口出也从笔头下出！1984年春，我将去北京上鲁迅文学院前夕，到湘潭家中去拜别父母。当时父亲染病在床。听我说要去读书，他很兴奋地坐起来，说：“这是一件好事，可以脱离报馆几年，有机会不必回报馆了，搞点别的什么事。”但我读完鲁院再上北京大学后，依旧回了报馆。九泉之下的父亲定然是非常失望的。

在“文化大革命”十年中，我也有过一次小小的惊吓。这一次惊吓，使我深感语言的危机四伏。在以后的日子里它成为一个警报信号，时刻升起在我的脑海里。

那是毛主席巡视大江南北的时候。他老人家这次出行是极为秘密的，他周游了一圈回到北京后，报纸才披露这条消息。他住在长沙的一个叫蓉园的宾馆里。在他的晚年，故乡似乎格外的亲切和可信。那时，湖南省的工农兵文艺工作会议正好在长沙召开，白天学习和讨论，晚上招待看花鼓戏移植的样板戏《沙家浜》。所有的情节、布景和京剧《沙家浜》绝对的相同，不同的是唱腔和长沙话的念白。而这个晚上，毛主席在蓉园的电视机前看实况转播。电视是什么玩意，在那时还很少有人知道。他老人家那一晚兴致勃勃，一边看一边念出了几条最高指示，什么“地方戏移植样板戏好”，什么“刁德一不刁”。第二天上午军代表无比激动地向大会传达了这些指示，全场欢喜若狂，下午散会我便回到了株洲，几个文友晚上相聚，我毫不保留地传达了这个振奋人心的消息。但第二天我刚刚走进车间，政工组的一个老政工即通知我随他去一趟公安局。我不知道我触犯了哪一条刑律，老政工板着脸一言不发，在那一刻我似乎成了一个敌人。在公安局的一间办公室里，我回答了他们提出的很可笑的问题。原来是昨晚有个朋友向他妻子谈及我说的新闻，她立刻向厂革委会作了汇报，厂革委会又汇报给市革委会，随即命令公安局进行追查。他们问毛主席到湖南看花鼓戏，我们怎么不知道？我说只向文艺界传达了，你们没有必要知道。他们恼怒起来："没有登报没有下文件，你不能乱讲，小心犯错误。"我的心震动了一下，脊背上冷汗涔涔。

为了平息这次惊吓，在周末我便去了马家河。不过，我没有将这件事告诉父亲。白天，我在田畦和山林间散步，清纯的植物气息和滋润的风，使我的心情开朗起来。阳光带着一种淡淡的绿色，无声地落在我的身上。我感受到沉默的植物，激腾着不可遏止的活力，它们从必然王国早已进入自由王国，这一点比人类来得睿智和顽强。

远远的我听见父亲在呼唤我的名字，在拖长的声音里我热泪盈眶。

11

当我又一次走进马家河的小药店时，父亲正和一个脸色黝黑的汉子坐在那张八仙桌边聊天。那正是 1976 年清明节后第五天。

天安门广场为悼念周总理酿成一场巨大的风潮，许多人被打成反革命，甚至永远地在这个世界失踪了。但是马家河这个乡下小镇似乎毫无所知，平静如昔。黑脸汉子和父亲用流利的江西话说着家常，充满着音乐感的声音使我忘记了城里的沸沸扬扬。

我立刻猜出这个穿着油迹斑斑的工作服，蹬着不见毛色的翻毛皮鞋的黑脸汉子是何老师。他非常的黑瘦，甚至连脸上的笑也是黑瘦黑瘦的。父亲曾说过何老师是一个很有本领的人，他父亲是西帮的大资本家，他念过一所名牌大学，在一个中专技术学校任教，出过专著，“反右”斗争中被戴上了一顶结实的帽子，他便申请到马家河的一家农机厂当了一名铁匠。在马家河小镇，唯有父亲和他是说江西话的同乡。他们因都处于一种逃离状态中，遂为知交。不同的是何老师性格比父亲开朗得多。在那个简陋的打铁棚里，何老师干完了活计，便在镇子上到处游逛，然后到小药店来喝一杯茶，与父亲谈今论古。他的这种开朗，使他并不强健的身体与时间的抗争拖得很长。在父亲故去后，我常回湘潭看望母亲，早晨一见亮我会去附近的雨湖公园跑步或散步，我总会看见何老师在一座亭子前打太极拳。

何老师发现我走进了小药店的店堂，便对父亲说：“你的大公子来了。”我忙上前叫了一声“何老师”。他哈哈大笑：“什么老师，现在是铁匠，叮叮当当，敲敲打打过日子。”

我觉得何老师很有意思。

何老师说：“叶兄，你刚才说到我的痨病，我有一味妙药治理。一吐血，我就吞下一把田七粉，血就止住了。”

父亲摇着头。“这是蛮治法，医书上没有记载。不过，既然有验效，说明是行得通的。”

何老师笑得眼睛亮亮的。

父亲说：“明天是星期天，我要去鼓磉洲出诊，你反正没事，去不去？我儿子也去。”

何老师说：“好，权当一回游春。”

横亘在江心的鼓磉洲，在许多年后才知道它在史书中相当出名，当过清朝皇帝老师并任岳麓书院山长二十七年之久的罗典就在这里呱呱坠地，毛主席的同学、革命烈士罗学瓒也是从这地方走出去的。洲上有几十户人家，以打鱼、种菜、养蚕为业。

第二天清早，我们坐小渡船去鼓磉洲。

上了洲，到处是桃树、桑树和柳树，洲边青青的芦苇梢，系着淡淡的春云，颤颤的。绿荫深处隐隐可见农舍的轮廓、鸡啼、鸭呱、犬吠，俨然是一篇陶渊明的《桃花源记》。

父亲说：“小药店若是在这里就好了。”

何老师一笑：“这里有几个病人？小药店只好关门大吉了。这里你未必住得惯，没有电，没有自来水。”

父亲真诚地说：“我倒不在乎这些。”

何老师摇摇头，顿了一下，说：“叶兄，明天我要敲锣游街了。”

“怎么搞的，又要游？”

“嗨。这些年我一共才游了几回？领导说实在没办法，做做样子，他们好汇报。你想，我这种身份的人倘若是在城里，也许早没命了，游游街算什么，这已经是相当优待了。”

父亲难过得半晌无言。

“我明天会把锣敲到小药店门口，你看我有不有一副愁样子？我心宽得很。过一下，你去诊病，给我们借两根钓竿，我们坐在塘边钓钓鱼。”

我知道何老师的这次游街，定然与天安门事件有关，将对所有的“牛鬼蛇神”进行一次威慑，城里早已是风声鹤唳了。

我们坐在一口水塘前钓鱼时，何老师脸色很平和，仿佛明天游街的不是他。他的眼睛看着颤动的浮标，但两次也没有起钓，他的超脱与消闲的姿态使我深受震撼。

第二天上午，不远处果然传来响亮的锣声，在细细的春雨中，金属的回音十分中听。随即听到“我是牛鬼蛇神我是右派分子”的喊声。何老师果然游街来了。

父亲那一刻没有病人可诊，正坐在八仙桌边喝茶，听到锣声和喊声慌忙站起来，对我说：“我们进屋去，免得何老师不好意思。”

我们坐在卧室里。

锣声居然响到小药店的店堂里来。何老师说：“老叶，我来讨口水喝，你出来吧。”

父亲说：“这个何老师，真是胆大。”边说边走出去了。

何老师从容地喝了一杯茶，又提起锣，一路敲了出去。我发现他背后居然没有押解他的人，小镇的宽厚仁慈真可载人史册。

父亲说：“他还会要出事的。”

但他的话并没有应验。八个月后，“四人帮”被揪住了，“文化大革命”结束了，接着何老师平反昭雪，重返他的校园。

现在看起来，何老师的逃离比父亲潇洒得多。父亲的逃离是一种沉重的姿势。当他回城后，正如米兰·昆德拉的一句名言：生命中不能承受之轻。他的生命在轻松中很快地凋谢。

12

父亲逝世于1984年的盛夏。

我从北京的鲁迅文学院上完第一个学期的课，放暑假回到株洲家中，休息了两天，又去湘潭看望父母。

父亲的脸上气色非常不好，苍白如纸，人也瘦如秋鹤，他坐在天井边的一把竹躺椅上，搁在竹靠手上的瘦伶伶的胳膊，俨然与竹竿成为同类。

在2009年盛夏的这个下午，母亲叙述起逝去多年的父亲，口气已变得十分平静。

她说起父亲在我回来的前一天，他拄着的一根竹节拐杖，突然断裂了。当时母亲正在厨房里忙碌，那一声清脆的断裂声使她的心为之一颤，余音袅袅，在整个老屋的空气中飘浮。她连忙奔到堂屋里，父亲正惆怅地站在天井边，他喃喃地说："好好的拐杖怎么会断呢？"他的问话衰竭无力，如一缕游丝。

这支拐杖是我 1980 年到四川开笔会时，特意买回送给父亲的。刚退休的父亲拄着它，在堂屋里来来回回走了几圈，戳得青砖地笃笃地响。在那一刻，我发现他视拐杖为支撑他身体的一个重要支点。四年后，这个支点消失了。

我这次回家，住了一星期，朝夕和父亲相伴。他的精神从黯淡中生发出光彩，在飘着水气的天井边，他不断地给我讲叙他这几十年来所看到和听到的人和事。他的讲叙充满了一种怀旧情绪，并营造出一种艺术气氛。他说旧时代药行提炼血驴膏之前，把一匹匹驴子拴在木桩上，那些五大三粗的汉子挥动长而韧的细木棍，抽打那些苦难的哑巴牲口，一棍下去一道猩红的血印，一道一道的血印排满了驴子的全身，宛若一团鲜红的火焰。然后开刀剥下这些浸满血水的皮张，去毛，洗净，丢到巨大的铁锅里去熬滋补女性身体的血驴膏。他讲湘潭几家著名的药店天福堂、地福堂、人福堂、协盛西所发生的令人耳目一新的故事。他说他的朋友王以桃在接骨疗伤上的神奇高妙，断脚断手的人抬着来，他可以立即让那些错位的骨头恢复原状，患者然后高高兴兴地走着回去……这也许是父亲一生中，和我说话最多的一次。他不需要我作任何提示，也不让我插言，就这么絮絮叨叨地说个不停。这些奇特的人和事，成为我日后小说和散文创作的珍贵素材。我写了中篇小说《蟋蟀》《血驴膏》《天福堂》《青铜岁月》等篇什。现在看起来，当时父亲他已有了某种不祥的预感，他曾对我的文学创作十分冷淡，而在他的临终前却有意地为我提供一些我无法体验的生活，似乎是一种内疚后的补偿。

一星期后回株洲去料理一些杂务，第三天的傍晚加急电报发来了，称父亲已于当天中午十二时许过世。接到电报时我有如沉雷轰顶。父亲不是好好的吗？怎么突然之间就去了呢？

那个悲切的时刻，弟弟正好在家。后来弟弟叙述父亲过世前后的情景时，我们都感到茫然无解。父亲在中午喝过一碗桂圆汤后，便躺在竹床上安详地睡去。睡去后就再没有醒来。他的脸色非常平和，甚至还带着一点笑意。当我深夜赶回家中，看见父亲的遗容毫不怪异，仿佛只是熟睡着在做一个很深的梦而已。我问母亲和弟弟，父亲临睡之前说过什么话没有，弟弟想了想，说："他咕哝了一声我好累好累。这句话应该是父亲一生的总结。"

深紫色的暮气从天井口飘落下来，愈积愈厚，压得我们几乎喘不过气来。

弟弟问："大哥，你在想什么？"

我说我想好了一副挽联，是写给父亲的，尽管他已经故去二十五年了。我缓缓地念道：

“平安就是一个胜利；

逃离堪称一种人生。”

13

在弟弟离开马家河之后，我再没有去过那个乡下的小镇子。但我并没有遗忘它，它常常在我记忆的胶片上显影。那个小药店还在吗？小药店的人应该是更年轻的面孔了，一些新的故事又在生长。

1994年春天，我乘坐株洲航管站的小汽艇去鼓磉洲采访。这时候的鼓磉洲已划归株洲管理了。

当我登上鼓磉洲后，眼前的一切与昔日酷似。只是有了电，有了自来水，依旧是桃花缤纷，桑叶青青，菜畦泛绿，农舍或已衰老、或是新建的。它还是那么安宁，安宁得似乎被这个世界遗忘。我找到了那口我当年和何老师钓过鱼的水塘，塘水盈盈，闪着粼粼的波光。时间在这里有如一个停顿的概念，这既使人欣慰又使人惆怅。

午后，我们又乘小汽艇横江而过，停泊在马家河小镇的码头边。

我急于去寻找那个小药店。

嵌在临江半截小街上的小药店早已不知去向，对联没有了，招牌没有了，柜台没有了，里面住着几户人家。一个三四岁的细伢子坐在阶基上玩一坨泥巴，一张脸花花白白。他童年的世界充满了乡野的欢乐。

我问一个过路人，小药店搬到哪里去了？

他惊诧地看着我，仿佛我是一个不怎么正常的人。“小药店早搬到城里去了，这房子也卖了。你还问它做什么？”说完，他甩了甩手走了。

我突然有了一种悲壮的失落感，自言自语道：“都走了。如同一部电影的名字：胜利大逃亡。”

但当时没有想起“逃离”这个词。

想起“逃离”这个词并确定它的内涵和外延，是2009年盛夏的这个下午，我和弟弟坐在湘潭老屋的天井边。

我突然长长地叹了一口气，对弟弟说：“我年过六十，你也五十有五了。在某种程度上，我们也是父亲人生轨迹的再版，也在做着关于‘逃离’的注释，你说是吗？”

弟弟睁大眼睛望着我，然后低下了头。

紫与黄

1

高音宏出差回来，夜已经很深了。

郁紫风正患着感冒，瑟缩在厚厚的被子里。天一黑，她什么也不想吃，就睡了，从上到下的每一个毛孔里都像结了冰，因此特意在被子里塞了一个暖水袋，仿佛装上了一个小锅炉，身子才有了一些热气。

屋里早就该安空调了，不是缺钱，是缺这方面的心思，是缺时间去料理这些琐事。

天正下着毛毛细雨，窸窸嗦嗦，好像春蚕噬叶。春天就是这个德性，晴不了三天，准得下雨。

紫风想起小院中央的那道竹篱，篱上爬满牵牛花，在这夜雨中，它们一定和她一样瑟瑟地颤抖着，孤独而凄清。院墙的一角，垒着一座假山，又瘦又险，挺可怜的样子。竹叶与青草的气息，似乎一直漫到卧室里来，冷浸浸的。

卧室里空空荡荡的，太孤清太寂寥。先前她没有这种感觉，现在却有了。卧室里几乎就没有什么像样的摆设，老式的三门镜柜，很寒碜的三屉书桌……

她的心思全放在隔壁的那间画室里，颜料呀，画框呀，色碟呀，各种画笔呀，又乱又充实。不是没有钱，除工资外，还有稿费，是没有工夫，没有兴趣。犯得着吗？每当夜深人静，她还在画室里画个不停，音宏总是在客厅默默地踱步，或者轻轻地走到她身边，看看画又看看她，脸上流露出惆怅与焦躁的神情。于是，她说："音宏，你先去睡吧，我还得画一阵。"

音宏走了，走到卧室里去了，还长长地叹了一口气。此刻，却是她一个人守着这卧室。这床真宽，平素两个人睡在上面，一人一床被子，还显得很富余。望着空出好大一块的床，紫风觉得心里也很空。

好久好久她都睡不着，两腿间夹着的暖水袋，渐渐地也不那么烫人了。她用脚搓着这软软和和的袋子，搓得"嘶啦嘶啦"直响。

直到小院的门锁响了一声，她突然高兴起来：音宏回来了。脚步声一直响到卧室里来，又轻又细。什么时候他变得温柔起来了？

“紫风，还没睡?”

“等着你。”

“哦。”音宏不无意外地惊诧了一下。

“暖水瓶里有水，去烫烫脚吧。我感冒了，身上冷得很。”

“我……早洗过了。病了，吃药没有?”

“吃了。”

音宏抖开平素自己盖的被子，覆盖在紫风的被子上，然后很快地脱下衣服，钻进被子，挤在她身边，紧紧地抱住了她。紫风真切地感受到那宽厚的胸膛很热很烫，像喷射火焰的炉口，而她却像一块冰，渐渐地被融化——他们久已不这样搂抱着睡了。紫风的呼吸急促起来，男人浓重的撩人的气息熏烤着她。如果音宏这时候提出什么要求的话，尽管她病了，也是会欣然应允的。可惜，音宏什么也没有说，什么也没有做，过了一会儿，仿佛太疲倦，竟沉沉地睡熟了。她真想哭。音宏是在尽一个丈夫的义务，因为她病了，是怜悯她，才把一身的热量慷慨地赠予。她一下子变得很清醒，尽管音宏在她身边，却更感到一种空前的孤独。

夜已经很深很深了，雨丝渐渐变得粗重起来，叮叮当当击在屋瓦上，像古代的编钟在和鸣。古代的男人和女人，是一种什么样的生活？她不知道。

这个院子很古典，是丈夫家的祖屋，他们结秦晋之好时，便成了他们的栖居地。在城市有这么一个院子，是最让人艳羡的，比那些高楼上的小格格，更具有“家”的氛围。但紫风反而觉得它有一种荒芜感。

紫风突然嗅出空气中散发着淡淡的香水味，与茉莉花的香味很相似。她警觉起来，真奇怪，伤风感冒了的鼻子居然还如此灵敏，这大概是女人的特异功能。音宏是从来不使用香水的，她也不使用。这香水味当然不是发自丈夫的肌肤上，而是发自音宏放在床头边的那一件西装上衣上。不是自个儿洒的，自个儿洒的不会这么淡，而是有人蹭磨上去的，只可能是一个女人。当紫风有了这个想法时，心猛地像被什么重物击撞了一下，脑海里立刻有了“第三者”“别室”“外婆”等一系列的名词。

她真想把音宏立即叫醒，她要盘问他，但理智又使她镇定下来，这样弄下去会有什么结果？那个女人，她看见了？当然是一无所知，音宏会承认吗？定会否定。那么所有的追问都毫无意义。

紫风平静下来，她得想想自己在什么地方留下了缝隙，让音宏走了神、入了邪。

2

打从他们结婚后——当然结婚的时候年纪都不小了。从美术学院毕业，她分到报社搞美术编辑；音宏分到古建筑研究所。恋爱了，结婚了，在短短地“热战”过后，音宏留给紫风印象最深的是两件事：不断地出差；不断地刮胡子。音宏似乎特别喜欢东跑西颠，而一回到家里，每天早上的第一要务就是刮胡子。

紫风挺不喜欢那刮胡子的声音，一点美感也没有。可音宏的脸似乎含有什么特殊的营养素，特别是嘴唇四周和下巴这一带，胡子蓬蓬勃勃地长得又快又多又密又硬，用手在上面轻轻一抹，沙沙啦啦响得挺清亮，很像风拂过茂盛的高粱棵子的那种声音。因此，他每天要认真地修整一次，用电动刮胡刀对胡子作无情地剿伐。

早晨，屋子里静得像没有人居住，紫风不需要忙着做早餐，她坐在院子里看书或画画。没有炉火的闪烁，没有淡紫的炊烟笔直地升入天空，锅、盆、碗盏尽可以躺在碗柜里睡觉。保温杯这个伟大的发明带给他们无限的方便，一只红的，一只紫的。紫风喜欢紫色。她唯一要做的事，是把方便面掰成一小块一小块的，放入杯子，冲上开水，拧紧盖子，让可怜的温度去把呆板的面块化开。

然后，紫风又坐到院子里去。

音宏开始刮胡子。他觉得电动刮胡刀设计得挺有意思，握在手里很惬意，短而粗的把，与把成直角的圆头，圆头一贴近胡茬，“嚓嚓嚓嚓”，抛出一片刈草般的流韵，移过来，移过去，痒酥酥的，仿佛有一只极温柔的手在抚着，又痛快惆怅。这声音可以证明一个男人的存在，没有胡子的男人总让人感到少了点什么。

紫风不喜欢听这声音，听得心里一紧一紧的。在报社，紫风偶然讲到她的这种感觉。一个年轻的女记者听见了，奇怪地翻了她一个白眼，然后说：“你喜欢那种小白脸？那种奶油小生？一半男一半女的阴阳人？刮胡子的声音挺好听，比音乐还好听，最好不用电动刮胡刀，用刀架安上‘犀牛牌’刀片，大刀阔斧地刮，那声音透出一股‘钢’味，可以使人产生联想。”

紫风一下子愣住了，一个没结婚的女娃娃，居然懂得这么多！她真的不懂，也确实激发不起什么联想。她的联想在笔上，在画布上。

音宏的刮胡子，是不是也要告诉她什么？

要生孩子？要亲密无间地黏糊在一起？要……

吃完方便面，刮过胡子，他们挥手告别上班去。

中午在各自单位的食堂吃。

晚餐，一包熟肉、几个面包对付过去。

这就是他们十年来生活的全部内容。

于是，音宏特别热衷于出差。出差了好，紫风觉得更自由、更轻松，干什么老要个男人守着哇，女人有女人的一个世界。

那一次，音宏设计的一个古建筑模型，获了一个金牌奖。他兴冲冲地回到家里，大喊大叫把这消息告诉了紫风。紫风也高兴，主动邀音宏去饭馆吃了顿晚饭，两个人还喝了不少啤酒，回到家里天黑了。

音宏关紧了小院的门，又把客厅的门关紧了。

他说："今晚，谁叫门也不开，我们要好好聊聊天。电视节目太臭，不看。我就喜欢和你待在一起。"

他搂住了紫风。发疯地吻着，吻得很响亮。

"紫风，要个孩子吧。不要，也行，可不要这样冷我。我是独子，父母不在人世了，又没有兄弟姊妹，你是我唯一的亲人。"

紫风挣扎着，说："我什么时候冷了你？"

音宏一愣。

"音宏，你获了奖，我高兴。可你得为我想想。省里的美展快开始了，我的油画才画了一半，我得抓紧时间。不瞒你说，也想拿个'奖'。你累了，早些歇吧。我进画室去了。"

音宏无力地垂下了手，眼泪都快出来了，然后，勾着头，走进卧室里去。

画室很静，紫风听见音宏打开了电动刮胡刀，在"嚓嚓嚓嚓”地刮胡子。他已经在早晨刮过胡子了，怎么在夜晚还刮？这完全是一种发泄。紫风于静寂中听着这刮胡子的声音，心里烦乱得像塞入了一蓬茅草。

第二天一早，音宏打了个招呼，就又出差去了。

她一点也没有挽留他的意思，正好抓紧时间把油画画完，然后送去参评。

画上的色调有些乱，是情绪不好造成的，行家们一看就知道。画理所当然地落选了，紫风难过了好些天。

音宏再不愿意和她聊什么，也绝不会再发生什么争吵。一切很平静，但又一切很冰冷。

她对于音宏似乎再没有什么吸引力了。

这应该是一个女人的悲哀。

3

迷迷糊糊地合上眼不久，紫风的耳边听见有轻微的响动，挣扎着睁开眼皮，天亮了，音宏已爬起来，正在穿衣服。

紫风温柔地问：“音宏，出差回来，今天你该休息吧?”她努力地在脸上做出笑来，如果有镜子的话，应该这笑还有点儿调皮。

“嗯，是该休息一天。”

“我今天也不去上班，能赏光陪我去商场买点儿东西吗?”

音宏很意外，也很感动，说：“当然可以，难得你有空闲，画家同志。”

紫风格格地笑了，一点也不生气。

昨晚吃了药，紫风觉得好些了，便手忙脚乱地穿起衣服来。然后说：“你刮胡子吧，我去煮面条。”

说完，飞快地进了厨房。

音宏愣愣地望着紫风的背影，笑了一下。他真有点茫然了，分别才几天，紫风这是怎么啦？

面条还真的煮得热气腾腾，一直端到音宏的跟前。今早，他没有刮胡子，不想刮，当然胡子依旧长得很快，但他今早没有要刮去的想法。

没有葱花，没有姜丝，而且汤很咸。但音宏吃得很香甜，还夸了一句：“看不出紫风还真有两下子。”

紫风很惭愧，她不是不知道面条是什么味道，但音宏却夸奖了她。她猛然想起报纸上说的，主妇善于烹饪，并不是一种传统的家务活的重复，而是一种创造，创造怡人的家庭气氛，创造者和欣赏者都是一种乐趣。她现在相信了。真得要学做几样好菜，别老是咸咸淡淡的不是个味。

吃完了早餐，紫风稍稍收拾了一下，他们结伴上街去。

已经过了八点了，小街上很静，都上班去了。紫风觉得很轻松。她要去买什么呀？什么都要买，她是难得逛一回商场的。衬衣要买，皮鞋要买，纽扣要买，针线要买……要买的东西真多。其实不在乎买什么，她倒真心地要陪音宏玩一玩，结婚后，她陪他的时间太少。

昨夜下了雨，路面还是湿润润的，而今早又晴了，太阳从云缝里探出头来，喜滋滋地打量着他们。

“音宏，这回出差，讨论古建筑与现代意识，很有意思吧？”紫风第一次问起了丈夫的工作，而且是从心底里流露出的关心。

音宏点点头，有些激动，用好听的男中音说：“很有意思。少壮派和老头子们接上了火，辩论得非常热烈，很开心窍。”

“那么，你是少壮派啰？”

“当然。每一种艺术形式都不是僵死的，都要改革，都要扬弃，没有一成不变的东西。如果一成不变，就会像齐白石所说的：‘学我者死。’这真是切身的体会。”

说着话，他们走进了一个大百货商场。商场里人来人往，笑语声、说话声满满盈盈。他们挽起手来，一起挤到买衬衣的柜台前。

“请拿件浅紫色的女衬衫。”

紫风一边说，一边掏钱。

“不，请拿件米黄色的。”音宏更正着紫风的话。

营业员温和地一笑，每种颜色的取了一件，搁在柜台上，任他们挑选。

音宏拿起米黄色的女衬衫，用手抚了抚，色泽真淡雅，手感很舒服。

“紫风，就这件吧，这件好。”

紫风有些愕然。她喜欢紫色，音宏也喜欢紫色，他的烟斗就是紫红色的。紫色有无与伦比的内涵。可现在，他如此执着地欣赏米黄色。这种对于色彩喜好的转变，没有一个相当大的外力是无法做到的。紫风仿佛看见了一个穿米黄色女衬衫的人影，在眼前飘忽过去。

她默默地付了款。

从心底里说，她太喜欢紫色了，因此她画画，紫颜料总是用得很多很多。这一次，她屈从了音宏。

音宏挽着她的手，又挤到工艺品柜台前，买了一只没有上漆的黄杨木雕的烟斗。

又是米黄色!

紫风什么也不想买了，好容易他们才挤出商场。

音宏很遗憾地说：“出来一趟不容易，怎么不多买几样东西?”

“够了。我有些乏，回家吧。”

于是，他们回家去。音宏似乎意识到了什么，喃喃地说：

“其实紫色也是不错的，你说呢?”

紫风没有作声。

4

音宏在家里好好地待了几天，领导没有安排他出差，下班回来就守在客厅里看电视，什么节目都看。从“新闻联播”开始，一直看到“再见”。

从那天上街逛商场起，紫风再没有心思画画了。她觉得自己奇异地变得细腻起来，也突然之间深沉起来了。她微笑着用一双画家的眼睛，随意而又不随意地观察着一切。

早晨，音宏再不兴致勃勃地刮胡子，但胡子却并没见乱蓬蓬地生长，这就是说，他在乘公共汽车的途中，或者利用在单位中午休息时刮掉了。而且她发现音宏平素不怎么整理的头发，也变得有条有理了，而且光亮起来。那个大公文包里，准有小梳子、小镜子之类的玩意。

紫风猛觉得这早晨的屋里，实实在在地少了些什么。对，少了刮胡子的声音。她觉得心里很空荡，那种她平常讨厌的声音，此刻又变得极为亲切起来，她回味着那种声音的韵味，浑身竟有些燥热。音宏，你刮吧，我喜欢听。紫风很想这样对丈夫说，但又没有说出来。她不到院子里去看书和画画了，而是系上小围腰，到厨房去弄面条，翠绿的葱花，金黄的姜丝，还有猪油、酱油、油萝卜丁。她自信，面条是一次比一次好吃了。每当煤气灶上，搁上小铝锅，她便忘情地看着蓝色的火舌舔着锅底，像一群在舞蹈的精灵，很美很潇洒。同时又想象到屋顶上升起一缕缕虚幻的炊烟，袅袅地飘入晨空。

她悄悄地走到客厅里，不见了音宏。往院子里一看，音宏正仰起头往屋脊上凝视。他在看炊烟，煤气灶会有炊烟吗？当然没有，但他心里头一定是暖暖的。

昨天上午，紫风到“文联”去送一张为杂志待发的一篇小说所画的插图。美术创作室的华瑛大姐，拉着紫风，愁眉苦脸地讲了不少话。“我老头子有‘外遇’了，他要离婚，一切都晚了。”然后又忠诚地对紫风说：“你也得小心，别老是画呀画呀。现在我才知道，一个女人的全部价值，不全在什么事业上面。”

紫风当时听了，惊得一双眼睛瞪得老大。华瑛是搞木刻的，许多作品都介绍到国外去了。她的丈夫是搞人类学研究的，挺老实的一个人，怎么要离婚？紫风久久地望着华瑛，五十还不到，就显得那么老态，额头上都有皱纹了，一副深度眼镜架在鼻梁上；衣服呢，黑色，式样也太旧。假如她是一个男人，面对华瑛会有什么感觉？老是熬夜，背都熬弯了，脸色蜡黄蜡黄的。可自己呢？紫风的心一颤，想起了音宏所爱好的米黄色。她从心底感激华瑛，不经意之间，为她放出了一个何等触目惊心的警告信号。

夜又来临了。

音宏在院子里散了一会儿步，挺悠闲，挺从容。他忽然下意识地折断了一根小竹枝，“咔叭”一声脆响，然后丢到地上。就这么一个小动作，紫风就估测到音宏在想什么：出去，可又挺不好意思，心里头矛盾着哩。

紫风没有去询问什么，而是把客厅里搁在角柜上的电视打开了。然后，给音宏泡上一杯热茶，很亲切地唤道：“音宏，来陪我看电视吧。”

音宏答应了一声，匆匆地走进客厅里来，刚坐下，紫风就把茶递到他手里。

今晚的节目不错，“新闻联播”后，是本市的“独生子家庭文艺会演”现场直播。

紫绒大幕拉开了，出来一个长得挺胖挺聪慧的五岁小女孩，后面跟着她的爸爸和妈妈。报幕员用嘹亮的嗓音说：“花鼓戏《补锅》。”

这真是一出令人愉快的戏。

五岁的小女孩演刘兰英，她的爸爸演那个小补锅匠，她的妈妈演丈母娘。

小女孩演得太好了，唱腔也很有味道，她居然能演情窦初开的少女。

音宏说："这孩子真可爱。"

紫风一笑："我们也会有一个的。"

音宏一惊，又装着去看电视。

紫风说这句话的时候，有一种异样的感觉袭到心上来。她没有孩子，不是不能有，而是不愿意有。用许多莫名其妙的理由，和音宏达成了协议：何必要孩子呢，太忙，还想搞点儿事业。结婚这么多年，他们终于没有得到孩子，渐渐地两口子在床上也觉得有什么碍着，那种撩人的亲热再也没有了。此刻，她看着屏幕上人家的孩子，体味着被喊"妈妈"时的愉快，胸口暖烘烘的，连血的奔流也加快了速度。她真傻。有一本什么书上说没有生过孩子的女人，就是残缺不全的女人，女人的全过程就没有完成，就在女人的整个生命过程中缺少好一大截的情感体验，原先她觉得全是胡扯，而此刻她是信服了。她应该有一个孩子。

紫风用眼角的余光扫着音宏，发现他把手伸到口袋里去，掏出那个新买的黄杨木烟斗，下意识地摩挲着。因客厅里正在看电视，便没有亮灯，那个米黄色的烟斗，在暗影中显得很小很轻淡。她知道音宏的心思并不在电视的屏幕上，他很不平静，欲说什么又无法说出来。

紫风曾想过要把这事告诉音宏的单位，但她终于没有这样做。不是害怕把事情闹僵，或者传得满城风雨，而是觉得这样做太贬低了自己。她应该相信自己的智商，她不相信紫色就抵挡不住米黄色的诱惑。米黄色当然是年轻的，但也是轻飘飘的。一个男人要离开女人，是因为这女人失去吸引他的力量，华瑛就是这种情况。她还不晚，从现在做起，一切还来得及，应该相信自己自我更新的能力。男人不仅仅注意女人的外表，还注重她的内涵，但如果没有美好的印象，就不能吸引男人坐在她身边，让她显示内涵的丰富炫目。紫风没见过和音宏接触的那个女人，但她以一个画家的敏感完全可以判断出那个女人的爱好与秉性，以及某些生活形态。

问题是要有一个空白留下给她，让她在音宏不注意的时候，将这个家和自己来一番彻底的改变，给他以真正的震撼，或者说是一种对他才形成不久的某些思维模式的摧毁。

她和音宏并排坐着，忽然很缱绻地把头搁到音宏的肩头上，那一蓬秀发正拂在他的脖颈上，轻轻地、痒痒地搔着他的皮肤。

那个米黄色的烟斗从音宏的手上滑落了。

“紫风。我……们是该有一个孩子啦。”

“嗯。这两天我身体不好。以后吧，呃，你说呢?”

音宏点着头，很庄重。

5

高音宏又要出差去了，是去考察外省的一个古建筑群，时间大约半个月。这次出差，他不像往常那么毫无牵挂，而是迟迟疑疑。他对紫风说："领导已有了印象，好像我喜欢出差，这回又安排上了，真没办法。"

紫风替丈夫整理着旅行箱，换洗衣服啦，袜子啦，手帕啦，药品啦，牙膏牙刷啦，还有一条"芙蓉王"烟啦。做这些活，她显得手忙脚乱，不是这里鼓起来，就是那里空出一块。真笨！她暗暗地骂了自己一声。

音宏感动得像得了什么"赏封"，眼圈都有些发红了，他出过多少次差？数不清了，但紫风从来就没有这样做过。每次，要出差了，他就说："紫风，今天我要出门去。"紫风随便地说："你走吧。我要上班去了。"然后就匆匆地去了报社。屋子里就剩下他一个人，默默地收拾行李，像一个没人关心的单身汉，心里难受得像被尖刀捅了一下。

"紫风，我来我来，别累了你。"

"累什么呀，出差在外才真正累哩。在外面要注意身体，上车、下车要小心，不要病了——如果感冒了，这里面有药。回家前，打个手机来，我到车站来接。记住了？"

"记住了。"

"还有……"紫风停住手，转过脸娇嗔地望着音宏。

音宏眼里闪出灿亮的光彩，慢慢走过去，捧着紫风的脸，尽情地吻起来。

音宏走了。

紫风开始忙碌起来，她要抓住这个机会，让自己来一番升华，让这个家变成另一副模样。紫色不是随便可以更易的颜色。

市“美协”的华瑛大姐打了一个电话来，说是准备搞一次油画大展，优胜者参加省油画大展，然后进京参加全国的大展，地点是中国美术馆。

“小郁，加点劲，画一张好的，半个月内送来！”

紫风一点兴趣也没有，因为她有重要的事要办。画画以后可以进行，参加展览的机会还多得很，而这一段日子对于她却至关重要。一个女人不仅仅是事业，还有别的许多事要做。

“大姐，我这段工作太忙，这次就算了吧。”

“小郁，可不能泄气哟。”

紫风觉得华瑛很可怜，她不能像她那样活着。

放下电话后，紫风心情很愉快。

中午，在报社食堂随便吃了点东西，骑着车去了一家高级烫发厅，她得把这一头乱蓬蓬的头发侍弄一下。烫发厅现在人很少，当她端坐在皮椅上，心里忽然有了一种异样的感觉。这么多年来，她就没正经地上过理发馆，每次头发长得难看了，就请女同事们修剪一下。

过来一个男理发师。

紫风怯生生地问："您看，该烫个什么发型？"

理发师把她的脸型、头型前前后后看了一阵，说："您的脸是圆形的，根据我的经验，烫'秋月式'最好，又庄重又好看。"

她点点头，其实她并不懂什么"秋月式"，但是这名字挺富有诗意，想起初中读过的《岳阳楼记》，此中有"长空一碧，皓月千里，浮光跃金，静影沉璧"的句子，在一望无际的湖波上，立着一轮硕大的圆月，确实是太美了。

洗头。哗哗的热水流在头上，溅起无数的水沫，很好听。尔后开始卷发，一绺一绺的头发卷在发筒上，往镜子里一看，像一只卷毛的小狗。接着，头上罩下一个桶似的怪模怪样的玩意，热气在里面蒸腾着，头皮上宛若无数热烫的手指在搔动。紫风有些陶醉，真想闭着眼睡一觉。

待到完全弄好，仔细一打量，真认不出是自己了。头发卷成无数的小花，组成一个个柔软的圆弧，闪着紫黑的亮光，把一张脸衬得生气勃勃。"秋月式"，应该是指在卷发簇拥下的这张脸吧？白白净净，真如一轮明月。头发是水波，一层一层，一叠一叠，很阴柔很女性，同时她还看见了自己的那一截脖子，以前总埋在一团乱发里，现在却大胆地现了出来，闪着润滑的光泽。

紫风说了声："谢谢。您的手艺真好。"

她快活地走出了烫发厅。

在报社办公室的走廊上，那些男同事们见了紫风，简直是惊呼了起来："哟，你怎么烫发了，都叫人认不出来啦。"

紫风抿嘴一笑。她想起了音宏，他也一定会大吃一惊的，男人们的想法应该相去不远。

女同事们更是一惊一乍，纷纷说："这才像个画家的样子。女人不会料理自己，就不能算个女人。不过，还得换换衣服，来点'新潮衫'，再化点妆，就成一个美人了。"

紫风点点头。

下班后，紫风骑着车到自由市场去了一趟，买了一网兜的菜，腰花啦，猪肝啦，牛肉啦，鸡蛋啦。她不懂市场的价格，也不认识秤，人家给什么她就要什么。然后飞快地踏车去了母亲家。从今天起，她要好好地下厨学艺。撒切尔夫人是个了不起的女性，当首相忙不忙？忙！可她却亲自下厨去，她懂得创造一种温馨的家庭气氛。

母亲见她提来一网兜的菜，有些不高兴，说："嫌我这里没菜？"

紫风忙解释说："妈，你看，怪人不知理嘛。从今天起，我到你手下学本事，你得使劲教啊。"

母亲笑起来，说："正好饭也快熟了，我做几样菜给你看。"

母女俩走进了厨房。

母亲从网兜里拿起牛肉，问:“这是多少?”

“一斤。”

母亲摇摇头，说：“顶多八两，小贩们全是一些精灵鬼，看你这样子就知道是不常去的。这块肉也不好，筋筋绊绊，都让你收罗来了，真亏。”

待把一切清理好，洗净，摆上砧板，母亲告诉紫风，做菜第一条要有好刀功，该条的条，该块的块，该丝的丝，要均匀，这才好看。

母亲麻利地操起菜刀，只听见叮叮当当一阵响，牛肉切成了条状，一般长一般宽，摆在碟子里很好看。切猪肝时，去掉筋膜和肝蒂，切成约一寸长、四分宽、一分厚的薄片，盛入碗中，放点酱油拌匀。腰花则削去表面皮筋，逐个从中切成两块，用刀剔去中间红白色的腰骚，按一分距离横直都剞入刀纹，深度是腰片的三分之二，再切成长宽约八分的片。接着又准备配料和佐料，紫风看得眼睛都花了，佩服得连连咂嘴。

母亲端开煤气灶上的高压锅，火苗子跳得很欢，然后在火上搁上铁锅。

“紫风，妈先炒‘熘猪肝’。配料是莴笋头，当然也可以用鲜辣椒、芥蓝头、黄瓜、花菜。调配料是素油、精盐、酱油、味精、芝麻油。你看着!”

铁锅烧红了，母亲放上几小勺素油，烧到八成熟，放下猪肝在热油中氽一氽，很快就捞到碗中。锅里还留少许油，放入切好的蒿笋头，炒几分钟后，放盐再炒，等到有九成熟了，再倒入猪肝合炒，接着放酱油，淋一点儿清水，再下味精，淋芝麻油，拌匀后就香喷喷地出了锅。

紫风说："妈，这是一门艺术。这颜色多诱人，味道准错不了。"

母亲笑起来，接着又炒了"爆炒腰花""红烧牛肉""金钱蛋"……

饭菜摆上桌子的时候，父亲也从学校回来了，三个人高高兴兴地坐到桌子边。

紫风忽然对当美术教员的父亲说："爸，我想把家里的摆设换一下，家具太陈旧了，但又不想要那种漆成米黄色的组合式家具。米黄色太轻薄。"说到最后一句时，紫风似乎有些咬牙切齿。

父亲沉吟了一会，说："也不能说米黄色太轻薄，但毕竟淡了一点，与你家那种庭院式的建筑太不协调。你可以把墙壁刷米黄色的涂料，然后购置一些仿古家具，那种紫黑的色调显得凝重，让米黄色作陪衬。音宏是搞古建筑的，肯定会喜欢，你看呢？"

"爸爸，你说得太对了。"

是的，米黄色只配作陪衬。

6

暮色袅袅地飘落到小院里，在院中央那道竹篱上颤动了几下，然后又悄无声息地浸到客厅里、画室里、卧室里来。天渐渐地暗了，有细细的风吹拂进来，紫风觉得这风也是紫色的。

屋子里真静，静得紫风的心里漫开一片无尽的寂寥。音宏来了电话，说是考察快要结束，火车票已订好了，因为火车老晚点，紫风不必去接车，以免一个人孤零零地在站台上等。听完电话，紫风心里有了一点疑虑，是不是他会要别人去接？但又立即否定了这想法，音宏的语气是诚挚的，她应该相信他。

这些日子，紫风忙得风风火火，忙得有时连饭都吃不上。当然，晚餐是可口的，她会准时地赶到母亲家，学做各种菜肴。她会做不少菜了：青炖团鱼、麻婆豆腐、糖醋鱼、香酥鸡块……她真正地悟出烹调是一件很有意思的事，就如同她画画，充满一种创造的激情。吃完晚饭，她就去逛商店，买窗帘布、纱幕布、椅套布，不过都是紫色的，浅紫、深紫、紫红、紫黑；然后量好尺寸，送到缝纫店一一做好。家具也买回来了，古香古色，都是紫檀木的。镂花的大书架，虎爪大茶几，有些笨拙的太师椅，弧线形的弯脚圆桌，造型大方但又凝重的雕花床……分别摆进了客厅、画室和卧室。所有紫色的大色块，很典雅地衬在米黄的底色上，充满一种自信和骄傲。特别是卧室中央横挂的那道半透明的紫纱幕，荡着细微的涟漪，像一片紫色的湖水，给人以宁静，她很得意她的这个设想。

天完全黑了下来。似乎是为了驱赶寂寥，紫风把客厅、画室、卧室的电灯全拉亮了。她忽然觉得这一切都很陌生，陌生得不像是自己的家。窗帘是深紫色的，严严地拉下，会使音宏想起古建筑紫禁城？客厅的壁灯是紫丁香形状，洒下柔媚淡紫的光。正面的壁上，挂着父亲给画的中堂《紫藤花开时节》，一副隶书对联分挂在两边，写的是："莫对青山谈世事；休将文字占浮名。"父亲告诉她，这是郁达夫先生的联语。另一面墙则挂着自己画的油画《紫色的风》，一片幽远的紫色背景，衬托着星星点点淡紫微白的蒲公英，小小的绒球上插着许多"小伞"，即将在某一阵风中轻盈地飘飞。

紫风现在已不把米黄色放在眼里了。她赞叹这一片紫色，如此深邃，如此庄肃，如此具有内在的张力。

她又踅进卧室去，撩开紫纱幕，走到古式的梳妆台前，镜子里出现了一个光彩照人的女人：抹着淡淡唇膏的嘴，那么小，那么薄；眉描得不粗不细，眼睫毛得意地向前伸着，湿润润的。一头优雅的卷发，无数的弧与圆的交切、组合。绸睡衣是浅紫色的，稍一动弹，便发出撩拨人心的声响。她没想到她这样一个女人，还有许多的美可以挖掘出来，还有许多使男人动情的魅力潜藏在身体的各个部位。紫风在镜子前看着、想着，然后打开“紫罗兰香水”瓶，往颈上、头上、睡衣上洒了些香水，抹匀了，坐到床上，背靠着床档，翻看一大叠外国的画刊，样子很悠闲。

等音宏回来后，她要让他坐在画室里，用速写给他画一张像，要画得神采飞扬，然后写上一行字：献给我的丈夫音宏。还要在星期天，去郊游，带着啤酒和点心，好好地尽兴地玩。一定要怀上一个孩子，既像自己，又像音宏。

紫风翻看着画册、心里却想得很远很远。

假如此刻音宏站在紫纱幕前，透过这一片紫的朦胧打量她，应该会产生一种从未有过的新鲜冲动。紫风脸上燥热，心咚咚地直跳。她一伸手，取过小收录音机，放进一张光碟，甜润的女中音多情地唱起来：

我老了但我很年轻，
总是充满初恋的激情，
丈夫是天空我是小鸟，
我是白云丈夫是清风，
并不是为了遵守旧时的契约，
心永远飘出新鲜的芳馨……

紫风听着听着，泪水渐渐地盈满眼眶。

她真想快活地哭。

……

院门的锁响了一声，开了，脚步声带着压抑不住的激动，稳稳地响进客厅，停住了，很惊讶，很犹豫。是音宏回来了。紫风躺着没有动，音宏是想给她带来意外的欢乐，她呀，也要给他带来意外的惊喜。这个“家”怎么样？还认识吗？

音宏走进卧室来了，他站在纱幕那面，看着紫风。这是一个完全陌生的女人，烫了发，化了妆，穿着叫人产生什么欲望的绸睡衣，睡衣下露出洁白的小腿肚子。红红的嘴唇好看地翘起，露出洁白的牙齿，流出温雅的微笑。“紫风，你是紫风。”

“来呀，来呀。”

音宏撩开纱幕，急急地扑过来，很动情地抱起了她，然后在原地旋转着，一边旋转一边吻她，他和她的呼吸都急促起来。她被放到了床上。她闭上了眼睛。音宏开始抚摸她，从头发到脸颊，到胸脯，到腿……灯光变得羞赧，一片朦胧，身体如一片舒展的云，不停地变换着姿态，很温馨也很热烈。紫风听见院子里风摇竹叶的沙沙声，听见墙角红山茶花瓣的绽放声。

“紫风，我们要一个孩子。”

“呃……呃。会……有……的。”

这是一个多么美好的夜晚，充满一种新奇的骚动。

紫风想起了“八卦图”上相吻合的阴阳鱼，那是两尾充满生机的生命之鱼。紫色的鱼。

音宏突然把她推开，走出纱幕去了，如一缕风的消逝。

“音宏，音宏。”

紫风醒了过来。她刚才在做梦？可一切又是如此的真实。

收录机还在响着。

紫风想：音宏该要回来了，她此刻是这样强烈地希望丈夫回来。

明天应该去商场，给音宏买一个紫黑的刀架，和一盒“犀牛牌”刀片。她要听那强劲地刮胡子的声音，一种雄性的声音，一种透着钢味的声音。

7

高音宏这次随研究所的考察组到外地考察古建筑群，原定半个月左右即返归，但因当地的“建筑学会”及大学的建筑系邀请他们开座谈会，作学术报告，所以把日子拉长了。当紫风接到电话时，已是二十天之后。音宏说，车在今天夜里十一时到达，但不知会正点否？因太晚，紫风可不去接车，怕她身体吃不消。这是近些年来，音宏出差回家前，第一次打电话来。紫风在接电话时，心“砰砰”直跳，脸上有些发烧。这种感觉似乎已经消逝很久了，在她和音宏恋爱时以及结婚还不久时，她接过这样的电话。从那以后，他再也没有打过电话来，原因是紫风说太忙，从车站到家的交通也很方便，何必要接车呢？现在想起来，她真傻。

美术室的同事问她：“谁来的电话？看你笑得脸上开了花。”

她有些羞赧，又有些自矜地说：“音宏出差要回来了，让我去接车哩。”

紫风觉得这一天似乎特别的长，坐在美术室里，一边画着花边与插图，一边想着火车奔跑在钢轨上的情景，仿佛还隐隐听见钢轮与轨道相摩擦所发出的“铿铿锵锵”的声音，还有一声一声急吼吼的汽笛声。她画的好几个插图上，都出现了火车，出现了轨道，等到她发现了，才大吃一惊，忙撕去重画。

终于等到了下班，去菜市场买了些饺饵皮子和鲜肉，准备在音宏回家后，为他做一顿热腾腾的“夜宵”。趁着暮色还淡，匆匆地回了家，随便弄点饭吃，就开始烧水洗澡，换衣服。然后，又把里里外外打扫一下，揩抹一番。其实，这些天她一直在打扫和揩抹，到处纤尘不染。她接着从食品柜中拿出一瓶“波尔多”法国红葡萄酒，准备好两个高脚酒杯，让音宏在吃过饺饵后，两口子再喝杯酒，情绪会更好些。刚结婚时，他们常常在闲时买点儿熟菜，喝几盅葡萄酒，喝着喝着，彼此一看，会从那脸上的红潮看出热热的心的跳动，于是眼中会流出无限眷恋之情。紫风想起了一句宋词“当年拼却醉颜红”，今夜，当他们喝过“波尔多”后，会怎样？一定很美、很动人。紫风觉得双颊发热，好像有了醉意。

她又急急地奔进卧室。从抽屉里寻出新买的刀架（紫黑色的）和“犀牛牌”刀片，装上去，在灯下左照右照，刀刃真锋利真崭亮，然后放在纱幕前古香古色的几案上。她要让他坐在自己身边，刮他那密匝匝的胡茬，刮得一圈青。仔细地品味那透着雄风的声响，应该是一种享受。

她又一次站到穿衣镜前。

这穿衣镜几乎有一个人高，长圆形，嵌在紫檀木精雕的镜架上，立在卧室的一角。镜架上雕着女娲补天的神话故事，女娲很漂亮，不像汉代石刻上的女娲拖着一条蛇尾巴，而是和敦煌壁画上的“飞天”一样，彩袖飘飘，婀娜多姿。这穿衣镜好，价格却不含糊，五千元，但是很值。

紫风真不相信镜子里的女人就是她，于卷发之间，束一条洁白的绣带，像一道月光横亘于黑亮的波浪之间，鲜明耀目。因为是夜里，所以脸上的妆稍稍浓一些，唇膏涂过的嘴显得很小，睫毛上了“美睫膏”，又长又滋润。因已经入夏，天气热了起来，所以着一身短袖紫荷色旗袍裙，婷婷娜娜，如一支出水荷花；脚蹬一双紫红色的高跟皮凉鞋。

她点了点镜中的人影，问：“你就是紫风？”

立刻又回答："是的，我就是紫风。"

她咯咯地笑起来。

看一看表，快九点了。

还有什么该准备的？不必慌，有的是时间，从这里走到车站去，也不过三十分钟。她不想骑自行车去。回来时干脆叫一辆出租车，又轻松又快捷，花不了几个钱。去时，还可以在长街上，看看周围人的反应，便可以测出这一身打扮的效果。街景也很好看，各种颜色的霓虹灯光，映在这紫荷色的旗袍裙上，光和色会发生什么奇妙的变化？这似乎是一个画家的职业习惯。

她又从壁上取下挂着的女式小挎包，乳白色的，带子很柔软。她把它挎在肩上，对镜子里的人影挥了挥手，走出门去。

8

这个城市有一个宏伟的火车站，因为城市正处在南来北往的交通要道上，车站成了一个重要的枢纽，每天来往的客车和货车有百余趟。楼上楼下六个大候车室，永远地"满员"，如喧腾不止的海潮，一拨去了，一拨又涌进来。车站不光大，而且在建筑上极具民族风格，很有气势的飞檐翘角，高大庄严的门楼，擎天托地的大理石楹柱，紫色花岗石宽长的台阶。音宏他们的研究所，曾参与过车站的设计。

此刻，当紫风信步踏上台阶，仰头打量这座建筑物，突然生发出一种自豪。她不知道哪个部位是音宏设计的，或是根据他的建议而由别人设计的，反正这座建筑物曾经花费过音宏的心血，这就够了。当然也有遗憾，中国的各种建筑从不刻上设计者的名字，而西方却在这一点上毫不含糊，所以中国的建筑师们永远是无名英雄。而一篇小说、一首小诗、一幅画、一支歌却要写上作者的名字，这就有些不合理。假如车站的碑石上有音宏的名字，说不定紫风会去吻一下，以表示往昔对丈夫功绩漠不关心的内疚。

紫风在售票口买了一张站台票。十点半了，车站广播室用一种南腔北调的“铁路普通话”报告：这一趟车正点到达。这是一个极好的兆头，正点！她很快地从入站口进去了，到站台上去迎接音宏坐的这趟车准时到来。

站台很宽阔，高大的灯柱上，垂挂着枝形的灯具，很潇洒地向天空成弧线散开，像迸出的五个大银球。灯柱排得疏而不密，光线很亮地洒在水磨石地上，反射出朦朦胧胧的晕影。在这样的灯下站着，化妆当然是要浓一点好，否则就会失去光彩。紫风想。

站台上稀稀落落地站了不少人，都是来接车的。紫风悠闲地从这头走向那头，又回转来，从那头走向这头。站着太难受，车还得等一阵子才会来。

在靠近站台边沿的一个灯柱下，紫风突然发现站着一个穿米黄色裙子的年轻女人。她的心一跳：是不是来接音宏的？是的？不是的？紫风毫无把握，因为她从没见过那个女人。但出于一种好奇，她装着很随意的样子，朝那个女人踱去，由远而近，直到近得可以看清眉目了。但紫风没有停住脚步，依旧在那个女人的身边走过去，走了一截，再转身慢慢地走回来。凭着一双画家敏锐的眼睛，紫风把一切都看清了，都记住了。

那个女人年纪在三十二岁至三十五岁之间，眉目倒是很清秀，但在这个年纪穿这种米黄色的服饰毕竟是有些不适合，这是一种属于二十岁上下的女孩子的颜色。耳垂上那两个大坠子，是由一根细链子系着两块淡黄色的琥珀，挺大挺沉，紫风很为那两只耳朵难受。她的脸并不宽大，大耳坠子衬得脸更小了。肋下夹着一本杂志，隐隐可见刊名是什么《女性天地》，应该是一本让女人读的通俗刊物。紫风点点头，微微一笑。

假如真是音宏的那个“相好”，那么，紫风今晚来是太正确了。否则，留下的这个空隙，将为一片米黄色所填充。音宏啦音宏，你这是做什么呀？紫风有些怨气，但很快又释然了，她应该有信心，难道这么一个女人她会比不过？紫风又远远地瞥了那个女人一眼，她正痴痴地站着，有些畏缩，显得心事重重。

“她不认识我。”紫风有些得意地自语道。

火车终于进站了。

电话说的是第五卧车厢。

紫风飞快地判断出餐车的后半截是卧车厢，然后迅速地走向那个位置。那个女人也开始缓慢地移动步子，朝这边走来。

紫风站在第五卧车厢的门口，稍后一点就是那一片米黄色。

车厢门打开了，一个个乘客走下来。紫风看见音宏了，提着大旅行箱，满脸的疲惫，胡子巴杈，好像从什么地方“流放”回来。

“音宏！音宏！”

紫风故意大叫几声，这意思很明白，她想抢先告诉音宏她的存在，同时，也让他和“她”有个准备，不至太难堪。

音宏意外地说：“你来了，紫风！”

他的声音也挺大，是说给紫风听的，当然也是说给“她”听的。

紫风暗暗地笑了。她不动声色地用眼角的余光扫了后面一下：“她”勾着头，挤出人丛，很忧郁很颓丧地走了。紫风忽然觉得“她”很可怜。

音宏是把这一切看在眼里了，迟疑了一下，立刻镇定下来。鬼才知道，他上车前，是在一种怎样矛盾的心情中打出了两个电话，当然他以为紫风不会来接车的，但又不忍心瞒着她……

“紫风，这回我给你带了一件好礼物。”

紫风要接过他的旅行箱，音宏不让，说：“太重了，你提不动。我给你买了一套古建筑上的汉代石刻拓本，上、中、下三大本，倒是很有学术价值，对你的美术创作准有益处。”

“谢谢。”

紫风挽着音宏的手，朝车站外走去。

紫风看得出音宏对她来接车，既感到意外，又感到激动，一种久远的印象渐渐地显现在脑海里，如此的亲切，如此的恬美。音宏下车的那一刹那间，觉察到出现在他眼前的紫风，竟是如此的光彩照人，庄重、娴静，还有点儿调皮，再不是从前那个不知道怎么打扮自己的紫风了，一切都是新的，充满美感的。

“紫风，你变了。”

“变丑了？”

“变得好看了。”

“累吗？”

“有些累。看见你后，又觉得不累了。”

“回去后，你去看看我们家，定会惊得目瞪口呆。”

“哦——”音宏张大的嘴，半晌没有合上。

他们走出了出站口。

紫风去叫了一辆出租车。

9

当高音宏走进自己的家时，就像到了一个极为陌生的地方。一切都变了，变得使他不敢认，不敢说，也不敢看了。最强烈的是那一片片浅紫、深紫、紫红、紫黑的色彩，疯狂地塞入他的瞳孔、他的心房，如各种不同层次紫色的湖光，包围着他，刺激着他。他不能不接受这种紫色的抚慰和熏染，又温存又严峻，又高雅又沉重，真叫他猝不及防。他仿佛被卷入一片紫色的波涛，那么肆无忌惮地冲击着他、震撼着他。他又看见那墙壁上的米黄色涂料了，被紫的色块挤压着、胁逼着，显得如此的孱弱，如此的寒碜，如此的战战兢兢。紫黑的仿古家具，深紫的窗帘，淡紫的纱幕……表现了紫风缜密的心思和内在的激情。对联上的字不错，一看就知道是泰山大人的手笔，古雅、庄重。他确实喜欢上了这种布置。紫风确实变了，如此能干，如此充满活力，如此地懂得丈夫的喜好。

他觉得有些愧疚。

紫风呢，下厨房去了，打开火后，搁上铝锅，又忙不迭地包饺饵。

当饺饵端上来时，热气蒸腾，芳香四溢，诱引着音宏的食欲，他觉得很饿很饿。

吃完了饺饵，紫风在茶几上，搁上酒杯，斟满了“波尔多”酒液。

“音宏，干杯！为你考察归来，一路风尘，我敬你一杯！”

音宏举起高脚酒杯，在灯光下久久地欣赏那一团深红色的光晕，然后连声说：“紫风，太谢谢你了。我应该满足。”说完，和紫风碰了一下杯子，一口就干尽了。

“音宏，就此一杯，你太累了，我去烧水，准备你的换洗衣服，你洗个热水澡。”

“好，我听你的。”

水热了，一切都准备好了。音宏在卫生间里，洗了一个舒服的热水澡，等到穿好内衣内裤，才发现旁边还挂着一件白绸睡衣，于是喜滋滋地穿上，大小长短都很合身。

他急切地往卧室走去。

紫风又是一番新的装扮，换上了紫绸睡衣，身子很好看地靠在床档上，显得很娇娜很慵懒很动人。隔着一道半透明的纱幕来看，更让音宏激动异常。

“音宏，刀架放在小几上，你刮胡子吧。”

音宏顺从地坐下来，拿起刀架开始刮胡子，一边刮，一边往纱幕那边看。

这真是一种精心的安排。

“犀牛牌”刀片真快真利，刮在胡茬上，响得很有力度，像一阵一阵的钢风，刮过一片广袤的草地，男子汉的自豪油然而生。用刀片刮胡子，声音是成“片”成“块”的，不像电动刮胡刀，响得很琐碎很零乱。

他望着紫风，紫风也望着他，目光灼灼的，像两点灿亮的星光。她在凝神地听丈夫刮胡子的声音，果真好听，刮得她心上痒酥酥的。她的脸因刚才喝过酒，变得桃红泛滥，而且有一种勾人心魂的光泽，胸脯急骤地起伏，好像有一窝小喜鹊在“拱”。她舒平了两条褪，从紫色中理出光洁的颜色，线条很柔润。

音宏和紫风隔得这么近，这是一段很可寻味的审美距离。这距离造就了一种渴望、一种期待、一种妙旨、一种交流。

音宏呻吟了一声，丢下刀架，掀开纱幕，急急地走了过去。

10

入秋了。

紫风真的有孩子了。

从那次出差回来后，音宏再没有出去过。每夜，在那一片紫色的“湖”水里，他和紫风如两尾强健的鱼，寻找着一个失落了许久的梦。当紫风确切地知道“有了”的时候，一种狂喜攥住了她的整个身子，她一个人躲进卧室，高高兴兴地哭了一场。

紫风发现音宏那个黄杨木烟斗不见了，而且永远也不会见到了。她把那件米黄色衬衣，也悄悄地送给了一个同事的女儿。

紫色是成熟的颜色。

她真切地感受到一个生命的茎芽，在身体里拱动，在伸展着细小的根须，舒展着嫩嫩的叶子，仿佛还听见“长”的声音。不，不像茎芽。像一个小小的蝌蚪，拖着一条可爱的尾巴，在一个幽静的深潭里游着，又孤独又冷静，又鲜活又热烈，荡起细细的涟漪。这是一种什么场景？是一种混沌初开的纯和与寂静，庄严得无法用什么词语去形容。作为一个女人，意识到自己的生命将分离出另一个生命时，“女人”这个称号才有了全新的意义，“她”的光芒正观照着整个人类生命的进程，无始无终，与永恒的时间同在。“女人”在完成自己，也在完成“生命”——一个超越时空的定义。

她总有想吐的感觉，然而又什么也吐不出来，这时候就很想吃酸东西，母亲特意给她送了一坛子泡菜来，酸刀豆，酸豆角，酸辣椒——是那种大红灯笼辣椒，几乎没有什么辣味。经过浸泡的大红灯笼辣椒，仿佛上了一层紫色的釉，闪着莹莹的光泽。她喜欢用筷子夹起来久久地看，然后细细地嚼，嚼得津津有味，酸汁从嘴角流下，亮亮的。

音宏悉心地照料着她，亲自去买菜，亲自下厨，亲自洗衣服——他不让紫风动手，弄得紫风很不好意思。

“音宏。别累了你。”

“累什么呀，你才是真正的累。紫风，在有些地区，女人生过孩子后，就由男人抱着孩子休产假，这个男人被称之为‘产翁’，你晓得这是为什么？”

紫风笑起来，说：“真有意思，这是为什么？”

“我想，是男人对于女人生育小孩的一种羡慕、一种嫉妒，为什么男人就没法生孩子？于是，移情作用诱使他，以一个女人的身份来体会这一份欢乐。”

紫风大笑起来：“你将来想不想当‘产翁’？”

“想。很想。”音宏很认真地说。

11

在一个星期天，华瑛到了紫风家，恰好音宏去菜市场了。她告诉紫风，“美协”将搞一次义卖活动，筹一笔款赠给“残疾人基金会”。

“紫风，你怀了孩子，这次就别参加了。”

紫风摇摇头。这些日子，她感到创作的欲望比什么时候都强烈，她还可以画，也应该画。

“华瑛大姐，你们……好了吗？”紫风很小心地问起那件事。

“没救了，报告都送上去了，等着法院的通知。”

“你……就没想一点儿办法？”

“我找了妇联，她们也干预了，可事情越闹越糟。”

紫风的心沉重了一阵，但随即又轻松了。

华瑛坐了一会，忧郁地走了。

紫风急速地站起来，走进了画室。白天的小街真静，没有汽车的奔跑声，没有喧嚣的市声。家里也很静，静得可以任意驰骋她的思维。她极想画画，早就绷好画布的画框，已摆在光线适合的地方，调色板、画笔、颜料都整齐地放在画架后的小桌子上——音宏的心思真细，仿佛知道她会在突然之间想到要画画，所以把一切都准备好了。

她用铅笔在画布上急速地勾勒着轮廓，每一根线条都那么流畅，具有质感，充满着内在的激情。

画布中央是一个经过变形了的裸着的少妇，正用肥硕的乳房哺育一个虎头虎脑的孩子。她半倚半靠着一片嵯峨的山岗，山岗上是密密的树林子，她的脚边奔淌着一条野河，正翻卷着一个一个“太极图”似的漩涡，在河的尽头处隐约可见一页页的风帆，仿佛有号子声磅礴地传来……

是具象的，又是抽象的；是写实的，又是象征的。

题目就叫《母亲》。

与此同时，她的脑海里漫上了一片深沉的、幽远的紫色调。就在这一片紫色上，生命正在庄严地诞生，成长、搏击……有些冷峻，有些滞涩，有些沉重，但却从中透现出一派热烈与壮美。

她就要这样来表述她对“生命”的歌赞，对于“母亲”的膜拜，还有一种对于“女人”自身的深切的觉悟。

此刻，时间和空间全忘记了。她不知道音宏是什么时候回来的。她只知道一片横亘于过去、现在与未来的紫的色调，正举托着她，在大地之间遨游。

紫颜色！

聂鑫森主要著作目录

长篇小说：

夫人党．桂林：漓江出版社，1990.

浪漫人生．上海：上海文艺出版社，1991.

霜天梅影．北京：中国文学出版社，1999.

诗鬼画神．北京：中国文学出版社，1999.

中短篇小说集：

太平洋乐队的最后一次演奏．长沙：湖南人民出版社，1984.

爱的和弦与变奏．长沙：湖南文艺出版社，1987.

镖头杨三（英文版）．北京：中国文学出版社，1999.

小说方阵·聂鑫森卷．长沙：湖南文艺出版社，2000.

诱惑．武汉：长江文艺出版社，2001.

都市江湖．北京：华文出版社，2002.

生死一局. 北京: 新世界出版社, 2002.

情局. 北京: 群众出版社, 2004.

紫绡帘. 郑州: 河南文艺出版社, 2006.

最后的绝招. 长春: 吉林出版集团有限责任公司, 2010.

大师. 北京: 中国出版集团·世界图书出版公司, 2011.

鸳鸯锁. 成都: 四川文艺出版社, 2012.

守望. 南昌: 江西高校出版社, 2012.

美丽的小茶杯. 南昌: 江西高校出版社, 2014.

散文随笔集:

旅游最佳选择. 南昌: 江西少儿出版社, 1988.

收藏世界的诱惑. 南昌: 江西少儿出版社, 1988.

优雅的存在. 成都: 四川少儿出版社, 1989.

阑干拍遍. 北京: 昆仑出版社, 2001.

一个作家的品画笔记. 长沙: 湖南美术出版社, 2001.

触摸古建筑. 长沙: 湖南美术出版社, 2002.

品玩老玩意. 广州: 花城出版社, 2003.

中国老玩意. 长沙: 湖南美术出版社, 2003.

触摸古建筑. 北京: 中国建材工业出版社, 2004.

走进中国老节日. 长沙: 湖南美术出版社, 2005.

中国老画题之谜. 北京: 新华出版社, 2007.

中国老玩意之谜. 北京：新华出版社，2007.

中国老房子之谜. 北京：新华出版社，2007.

中国老行当之谜. 北京：新华出版社，2007.

中国老节令之谜. 北京：新华出版社，2007.

百物收藏. 天津：百花文艺出版社，2009.

中国老游艺说趣. 北京：人民文学出版社，2010.

中国老兵器说迷. 北京：人民文学出版社，2010.

溯源俗语老典故. 北京：人民文学出版社，2010.

文化专著：

中华姓氏通书·陈姓. 海口：三环出版社，1991.

中华姓氏通书·罗姓. 三环出版社，1991.

红楼梦性爱揭秘. 桂林：漓江出版社，1994.

红楼梦性爱揭秘. 台北：宇河文化出版有限公司，1995.

宋词·今译. 北京：外文出版社，2001.

传奇选·今译. 北京：新世界出版社，2002.

红楼梦性爱解码. 北京：中国盲文出版社，2004.

红楼梦性爱揭秘. 桂林：漓江出版社，2005.

煮文嚼画. 北京：金城出版社，2010.

成语百物. 大连：辽宁人民出版社，2011.

杯光酒韵. 北京：金城出版社，2011.

名居与名器．北京：地震出版社，2012.

中国老忌讳．大连：辽宁人民出版社，2012.

话说名宅．北京：地震出版社，2014.

走进大匠之门．武汉：长江出版社，2014.

诗　集：

地面和地底的开拓．长沙：湖南人民出版社，1983.

他们脖子上挂着钥匙．长沙：湖南少儿出版社，1989.

主编的书籍：

有争议的爱情．桂林：漓江出版社，1986.

绝妙小品．海口：海南出版社，1993.